Yukito & Clayton
「恋の吊り橋効果、深めませんか?」

Chara

恋の吊り橋効果、深めませんか？

恋の吊り橋効果、試しませんか？2

神香うらら

キャラ文庫

この作品はフィクションです。
実在の人物・団体・事件などにはいっさい関係ありません。

目次

口絵・本文イラスト／北沢きょう

プロローグ

——アメリカ合衆国の首都、ワシントンDC。

郊外の閑静な住宅地に建つ三階建てアパートの一室で、吉仲雪都《よしなかゆきと》は洗ったばかりの湿り気を帯びた髪をかき上げながら窓の外へ視線を向けた。

時刻は午後九時。九月に入ったというのに、今日は朝から猛烈に暑い一日だった。

キッチンで冷たい水を一杯飲み、凝り固まっている肩を軽くほぐす。一日中図書館で資料を読んでいたので、目もかなり疲れていた。

（今やってる課題が終われば、ちょっとひと息つけるかな）

大学で心理学を専攻し、カウンセラーになるため大学院への進学を志している雪都は、夏休みの間もほぼ毎日登校して勉強に励んできた。勉強は苦にならないタイプだが、周囲の学生たちが旅行だのデートだの楽しんでいるのを見て、過ぎゆく夏にちょっぴり焦燥感を覚えたのも事実だ。

二十二歳の夏は一度きり。しかも今回は、人生を共にする伴侶と出会ってから迎えた初めての夏で――。

去年の十二月、親友のジュリアン・ガードナーに招かれ、雪都はクリスマス休暇をコロラド州の別荘で過ごした。そのときジュリアンの兄のクレイトンと七年ぶりに再会し、いろいろあった末に――殺人事件に巻き込まれたりとか――初恋の彼と結ばれた。

その後DCに転勤してきたクレイトンと同棲《どうせい》を始め、大学を卒業したら結婚する予定になっている。互いの両親にも挨拶を済ませ、新婚同然の生活は順風満帆と言いたいところだが……。

(クレイトン、今頃どうしてるんだろう)

夜の街を見つめながら、雪都は七つ年上の恋人の身を案じた。

クレイトンはFBIの特別捜査官だ。DC本部の知的犯罪捜査班に籍を置き、先月から某議員のインサイダー取引疑惑を捜査している。

関係先への張り込みで一昨日から帰宅しておらず、一昨日も着替えを取りに戻ったクレイトンとすれ違いになってしまったので、顔を合わせたのは五日前の朝が最後だ。

『心配しなくても、ホテルの一室で隠しカメラの映像と音声のチェックをするだけだ。組織犯罪課にいたときの張り込みに比べたら天国だよ』

不安な気持ちが顔に出てしまっていたのだろう、出かける前にクレイトンは雪都を安心させるように微笑《ほほえ》み、優しくハグしてくれた。

そうはいっても、クレイトンの仕事は常に危険と隣り合わせだ。政治家や実業家相手の捜査でも銃をつきつけられる可能性は大いにある。

窓に背を向け、雪都は心に立ちこめ始めた黒雲を振り払うように小さく息を吐いた。

こんなふうに心配ばかりしていたら、クレイトンの負担になってしまう。

自分にできることはただひとつ、クレイトンの無事を祈ることだけ――。

「……っ！」

ふいに鳴り出したスマートフォンの着信音に、どきりとする。

クレイトンかと思って急いでリビングのテーブルに置いたスマホを手に取るが、電話をかけてきたのはジュリアンだった。

「もしもし？」

『雪都、久しぶりー。今いいかな？』

ジュリアンの軽やかな声に、自然と口元が緩む。

同い年のジュリアンは、明るく社交的な好青年だ。性格は正反対ながら馬が合い、別々の大学に通っているが、よく連絡を取り合っている。

「いいよ。どうしたの？」

『あのさ、来週の週末、サイラスと郊外の貸別荘で過ごそうかって言ってるんだけど、サイト見たら庭でバーベキューができるし、ベッドルームも三つあるんだ。よかったら雪都とクレイトンも一緒にどうかと思って』

サイラスというのは、雪都とクレイトン同様、昨年のクリスマス休暇で紆余《うよ》曲折の末にジュリアンと結ばれた同性の恋人だ。当時シリコンバレーにあるIT企業で働いていたのだが、ジュリアンとつき合うためにDCの支社に転勤し、今は一緒に暮らしている。

「来週の週末……ちょっと待って」

冷蔵庫に貼ってある予定表に視線を向ける。雪都は空けようと思えば空けられるが、クレイトンの仕事はそうはいかない。事件があれば休日でも出勤することがあるし、いつ事件が起きるのかわからないので予定も入れづらい。

「僕は大丈夫だと思うけど、クレイトンは直前まで予定がわからないから……」

『まあそうだよね。相変わらず忙しいの？』

「うん。もう五日も顔を合わせてない」

『まじで⁉　一緒に住んでるのに⁉』

ジュリアンの大声に、雪都は苦笑した。

「そう、一緒に住んでるのにね。一昨日着替えを取りに帰ってきたみたいなんだけど、僕は大学行っててすれ違っちゃって」

電話の向こうで、ジュリアンが大きなため息をつく。

『雪都さあ、ちゃんとクレイトンに甘えてる？　クレイトンは仕事で忙しいからわがまま言って困らせたらだめだ、とか思ってるんじゃない？』

「それはまあ……。けど僕も課題で忙しい時期だったし」

『だめだめ、物わかりのいい恋人でいたいんだろうけど、会いたいときは素直に会いたいって言わなきゃ』

「ジュリアンは、サイラスに素直に言ってるの？」

『もちろん！「仕事と俺とどっちが大事？」ってもう何回も言ってるよ』

可愛《かわい》く駄々をこねるジュリアンが目に浮かび、雪都はふふっと笑いを漏らした。

『俺だって無茶な要求をしてるわけじゃなくて、タイミングとか見極めてるけどね。恋愛初心者の雪都にアドバイスしとくけど、ときにはわがまま言って甘えることも必要だよ、お互いに』

「……そうだね」

頷《うなず》きつつ、視線を宙に向ける。確かにジュリアンの言う通りなのだろうが、自分にはそういう高度な技術はまだ備わっていない。

『雪都だけじゃなくて、クレイトンもそういうの苦手そうだもんな。うん、やっぱり来週一緒にバーベキューしよう。俺がお手本を見せるから』

ジュリアンの得意げな口調に、声を立てて笑う。

「わかった。クレイトンに言っておくね」

『うん、よろしく。場所はあとでメールしとくから』

電話を切って、ふっと息を吐く。

ジュリアンは魅力的で、恋愛経験も豊富だ。過去の恋愛からいろいろ学び、本人も言うように甘えるタイミングを心得ているのだろう。

雪都は誰かとつき合うのはクレイトンが初めてで、しかも最初で最後の相手だと思っている。幸いなことに、クレイトンも雪都のことを生涯をともにする伴侶だと言ってくれて……。

(だからこそ、絶対に失敗したくない)

迂闊《うかつ》に甘えたりわがままを言ったりしてクレイトンに疎まれたら、自分はきっと立ち直ることができないだろう。

この恋は慎重に進めなくてはならない。雪都にとってもクレイトンは生涯をともにしたいただひとりの伴侶で、だめなら次というわけにはいかないのだ――。

冷蔵庫の予定表を眺めていると、玄関のドアの向こうから微《かす》かな物音が聞こえてきた。廊下の先にある階段を、誰かが駆け上がってくる足音だ。

(クレイトンだ!)

胸の奥にぱっと明かりが点《とも》り、自然と笑みがこぼれた。急いで鏡を覗《のぞ》き込み、乱れた髪を手《て》櫛《ぐし》で整える。

極力音を立てないよう、大股で歩くクレイトンの姿が目に浮かぶ。

捜査官の習わしか、クレイトンは他の住人のようにばたばた音を立てて歩かない。まるでネコ科の猛獣のようにしなやかに、それでいて一歩一歩踏みしめるような力強い歩き方は、たくさんあるクレイトンの美点のひとつだ。

足音がドアの前で止まり、クレイトンのキーリングが小さな金属音を響かせる。

すぐにでも駆け寄って鍵を開けたい気持ちを抑え――クレイトンに、ひとりのときは決して自分からドアを開けるなと釘《くぎ》を刺されているので――雪都は息を殺すようにしてドアに近づいた。

玄関の鍵が開き、ゆっくりとドアが開く。

「おかえりなさい……っ」

思わず駆け寄ろうとして、その場にフリーズしてしまう。

後ろ手にドアを閉めたクレイトンが、あまりにも眩《まぶ》しすぎて……。

「ただいま」

雪都を見下ろし、クレイトンが唇に笑みを浮かべる。

五日前、ぱりっとしたスーツ姿で出かけたクレイトンは、よれよれのTシャツに穿《は》き古したジーンズ、泥だらけのブーツと別人のような姿になっていた。いったい何があったのか、無《ぶ》精髭《しょうひげ》をたくわえた顔は日に焼け、逞《たくま》しい胸板に貼りついたTシャツには汗がにじんでいる。

ひどく野性味を帯びたその姿に、雪都は体の奥の本能的な部分がじわりと疼《うず》くのを感じた。

スーツ姿のクレイトンも素敵だが、髪を乱し、汗だくになったクレイトンは牡《おす》本来の魅力に満ちている。

「すまない、ハグしたいところだけど、昨日の朝からシャワーを浴びてないんだ。きみは風呂上がりだろう？　だから……」

申し訳なさそうに言って、クレイトンが自分の体を見下ろす。

汚れていたって全然かまわない。今すぐ抱き締めて、キスしてほしい。汗ばんだ肌や男くさい体臭、伸びかけた髭のちくちくした感触を味わうことで、クレイトンが無事に帰ってきたことを実感したいのに。

けれどクレイトンが困ったようにその場に立ち尽くしているので、雪都も飛びつきたい気持ちを抑えてあとずさった。

「えっと……じゃあ先にシャワー浴びますか？」

「ああ、そうするよ」

ブーツを脱ぎながら、クレイトンがちらりと視線を上げる。

その仕草がなんだか他人行儀に感じて、胸にちくりと痛みが走った。

（クレイトンは……五日ぶりに会えて嬉《うれ》しくないのかな）

張り込みの間に、何か気持ちの変化があったのだろうか。いちいち浮気を疑うような嫉妬深い真似《まね》はしたくないけれど、クレイトンの態度に温度差を感じて盛り上がっていた気持ちが一気に下がっていく。同時に、仕事で疲れているであろうクレイトンに欲望を募らせている自分

がひどく恥ずかしくなった。

「夕食は？　もう食べました？」

雪都の呼びかけに、バスルームへ向かおうとしたクレイトンが振り返る。

「いや、夕方軽くサンドイッチを食べたきりだ」

「チキンキャセロールがありますけど、温めましょうか？」

「ああ、頼む」

クレイトンが笑みを浮かべ、雪都もほっとして口元をほころばせた。バスルームのドアが閉まると、急いでキッチンに向かう。

クレイトンがシャワーを浴びている間に、このはしたない欲望の火を鎮めなくては。

（慌てなくても、一緒に住んでるんだから……）

いつでも愛を確かめ合うことができるはず。そう自分に言い聞かせて、雪都は冷蔵庫からキャセロールを取り出した。

◇◇◇

シャワーのコックを閉めて、クレイトンは大きく息を吐き出した。

「いいか？　もう少しだけ大人しくしてるんだぞ」

二日分の汚れを落としてさっぱりした体を見下ろし、股間の一物に言い聞かせる。

――この五日間の張り込みは、当初の予想よりもずっと厳しい状況になった。快適な高級ホテルの一室にいられたのは数時間だけで、議員を訪ねてきた身元不詳の人物を追って郊外の住宅地へ赴き、更には治安の悪い地域の空き家に身を潜める羽目になり……。

張り込みの間は緊張の連続でそれどころではなかったが、帰宅して雪都の顔を見たとたんに欲望が活性化してしまった。Tシャツの襟ぐりから覗いた長い首や綺麗《きれい》な鎖骨、細い肩のあたりがやけに色っぽくて、むしゃぶりつきたい衝動を抑えるのがひと苦労だった。

シャワーを浴びながら急いで抜いたのだが、まだ体の芯に欲望の炎が燻《くすぶ》り続けている。

バスタオルで濡《ぬ》れた髪を拭きつつ、もう一度ため息をつく。隠れてこそこそ処理するような真似はしたくなかったが、雪都にがつがつしたところを見せたくない。

本当は玄関のドアを開けるなりすぐに雪都を抱き締め、貪るようにキスしたかった。そのままベッドに運んで押し倒し、この五日間会えなかった心と体の空白を埋め尽くすように交わりたかった。

しかし欲望のままに行動しては、雪都を怖がらせてしまう。

苦い思い出が胸によみがえり、クレイトンは奥歯を嚙《か》み締めた。

――同棲を始めてまもない頃、今回のように数日ぶりに帰宅した際にがっついて、雪都を泣かせてしまったことがある。

『ま、待って……っ』

帰るなり抱き締めてソファに押し倒したクレイトンに、雪都は震える声で訴えた。

『悪い、待てそうにない』

そう言って雪都のシャツを剝ぎ取り、薄い胸板に顔を埋めながらジーンズを突き破らんばかりに硬く高ぶった欲望を擦りつけ……。

まったく、思い出すたびに自分を殴りたくなる。

体は素直に反応していたが、本当はあのとき雪都は拒絶したかったのではないか。

（あのときの俺も、今みたいに髭が伸び放題で薄汚れてたしな）

それで思い出し、クレイトンは洗面台の前に立ってシェーバーのスイッチを入れた。

雪都とつき合う前、仕事が立て込んでいる時期は髭など放置だったが、雪都と一緒に暮らし始めてからはだらしない男だと思われたくなくて毎日剃《そ》るようにしている。

〝親友のかっこいいお兄さん〟という出会った頃のイメージを保ち続け、常に雪都の理想の男でありたい。

実際クレイトンは陰でいろいろ努力している。仕事のストレスを家に持ち込まないようにするのはもちろんのこと、職業柄けっこう荒々しい面もあるのだが——つい先ほども、暴れる容疑者に少々威圧的な態度を取ったばかりだ——雪都の前ではそういう部分をなるべく見せないよう注意を払っている。

セックスに関しても、雪都はまだまだ初心者なので抑えめを心がけている。

初めて結ばれてから八ヶ月ほど経《た》つが、いまだに羞恥心が消えないらしい。触れるたびにびくりとしたり、手を握っただけで頬を染めたりする姿はたまらなく可愛らしいが、あまりに初《うぶ》でちょっと不安になってしまう。

ひょっとして、自分はことを急ぎすぎたのではないか。セックスも同棲も、まだ心の準備ができていなかった雪都に無理をさせてしまったのではないか。

初めて出会った頃の雪都の姿が瞼《まぶた》にちらつき、クレイトンは眉根を寄せた。

汚れのない花を手折った罪悪感は、おそらく一生つきまとうだろう。十五歳の頃の雪都に欲望を抱いていたわけではないが、今もどこかあどけなさを残す彼を抱くたび、自分が節度のない野獣になった気がしてどうも落ち着かない。

心から愛しているのは確かだし、セックスは愛を深めるための重要なコミュニケーションだとは思うのだが……。

(過ぎてしまったことをあれこれ悔やんでも仕方ない。反省するべき部分は反省して、今後気をつけることだ)

そのためには、もう少し自制するべきだろう。雪都のペースに合わせ、雪都が感じてとろけてくるまで辛抱強く待たなくては。

ひととおり髭を剃り終えると、クレイトンは鏡を覗き込んで剃り残しがないか丹念にチェックした。

（これなら頬ずりしても痛くないよな？）

雪都のなめらかな肌の感触を思い浮かべ、ごくりと唾を飲み込む。あれほど大人しくしろと言い聞かせたのに、体は愛《いと》しい伴侶を求めて早くも臨戦態勢になりつつあった。

——五日ぶりだし、夕食をあとまわしにするくらいは暴走のうちに入らないのではないか。

早くも自制心が揺らぎ始めている。不埒《ふらち》なことを考えつつ、クレイトンは急いでTシャツとスウェットパンツを身につけた。

◇◇◇

「あ……クレイトン……っ」

長いキスの合間に、雪都は声を上擦らせた。体はすっかり高ぶって余裕がなかったが、どうしても名前を呼びたかったのだ。

「……雪都」

雪都の呼びかけに答えるように、クレイトンも唇を合わせたまま囁《ささや》く。

吐息のような甘やかな響きに、雪都は体の芯がいっそう激しく疼くのを感じた。

ひんやりしたシーツの上で、熱い体がぴったり重なってもつれ合う。クレイトンの大きな手のひらに背中や腰をまさぐられ、雪都もクレイトンの逞しい肩にしがみついた。

「ひあ……っ」

首筋を甘噛みされて、思わず声が漏れてしまう。すっかり高ぶったペニスの先端から先走りの露が溢《あふ》れ、内股がぴくぴくと引きつるのを感じた。

ベッドに倒れ込む前から、ふたりとも欲望の炎が燃え上がっている。早くクレイトンの硬くそそり立った牡の象徴を体の内側で感じたくて、雪都は挿入を促すように脚を広げた。

「準備はいい？」

掠《かす》れた声で尋ねられ、睫毛《まつげ》を伏せてこくりと頷く。

クレイトンの長い指が、奥まった場所にある小さな蕾《つぼみ》にそっと触れた。

「……あ……っ」

入り口の皺《しわ》をくすぐるようになぞられ、瞬時に快感が全身へと広がっていく。

蕾の内部で媚肉《びにく》がはしたなくうごめくのがわかり、雪都は気恥ずかしさに頬を染めた。

——たった五日なのに我慢できなくて、昨夜自慰に耽《ふけ》ってしまったことを思い出す。ペニスを擦《こす》るだけでは物足りなくて、蕾に指を這《は》わせて愛撫《あいぶ》したことも。

『あっ、あん、クレイトン……っ』

愛しい人の名前を呼びながら、指で蕾の内側にある快楽のスポットをまさぐって達してしまった。しかもそれだけでは満足できず、シーツの上に四つん這いになって尻を高く掲げ、クレイトンの太く硬い屹立《きつりつ》に貫かれるところを想像しながら尻を揺らし……。

あんな姿、クレイトンには絶対に知られたくない。

出会ったとき雪都がまだ十五歳だったせいか、クレイトンは今でも雪都を純真無垢《むく》だと思っている節がある。けれど雪都ももう大人だし、十五のときだって何も知らない初な子供ではなく、それなりに欲望を秘めていた。

(僕がクレイトンのことを思い浮かべながらあんなことしてたって知ったら、きっとクレイトンは幻滅する)

クレイトンが雪都に抱いているであろう、天使のようなイメージを壊したくない。

クレイトンの好きな雪都は、淫らな欲望を募らせて自ら肛門《こうもん》を弄《いじ》ったりしないはず……。

「……っ!」

敏感な部分に潤滑用のジェルを塗り込められ、雪都は唇から漏れそうになった嬌声《きょうせい》を慌てて飲み込んだ。

(クレイトンの指、すごく気持ちいい……っ)

自分の指でするときとは全然違う。大きな手にふさわしく指もしっかり太くて長いので、ジェルを塗り広げられるだけで感じていってしまいそうだった。

(だ、だめ、我慢しなきゃ……っ)

ベッドに入る前に、雪都は既に一度粗相をしている。風呂から上がったクレイトンにキッチンで背後から抱き締められ、うなじにキスされ胸を愛撫されているうちに下着の中で漏らしてしまったのだ。

クレイトンには堪《こら》え性《しょう》のないところを散々見られてはいるが、やはり好きな人に下着を濡らすところを見られるのは恥ずかしい。久しぶりなので思い切ってちょっぴりセクシーな下着を穿いたのに、クレイトンに見せる前に汚してしまったのも実に遺憾だ。

『可愛い下着がびしょびしょだ』

そう言ってクレイトンは優しく脱がせてくれたが、ちょっと乳首をつまんだくらいでいってしまった雪都に内心呆《あき》れていたのではないか。

「声を出すの、我慢しなくていいんだぞ」

ジェルを塗り終えたクレイトンが、覆い被《かぶ》さってきて耳元で囁く。淫らな声を漏らさぬよう、必死に歯を食いしばっているのがばればれだったようだ。

「え、ええ」

視線をそらしながら、雪都はこくこくと小さく頷いた。

声だけでなく射精も我慢しているのだが、そんなことは恥ずかしくてとても言えない。

そしてもう我慢の限界で、一刻も早くクレイトンが欲しいということも。

「あ……っ」

しかし濡れた蕾に大きな亀頭を押し当てられたとたん、頭の中でぐちゃぐちゃと考えていたことが瞬時に吹き飛んでいった。

熱い粘膜が触れ合う感触に、全身が総毛立つような快感がこみ上げてくる。

これだ、これが欲しかったのだ——。

早くクレイトンを奥に迎え入れたくて、雪都は夢中でクレイトンにしがみついた。

「雪都……！」

クレイトンが低く呻《うめ》き、ずぶりと先端を突き入れる。

「ひああ……っ！」

ほんの浅くめり込んだだけだが、大きく笠《かさ》を広げた亀頭に蕾を押し開かれ、雪都は快感に喘《あえ》いだ。

(クレイトンの太くて硬いの、中に入ってくる……っ)

どっしりと逞しい質量は、指とは比べものにならなかった。いつもより少し性急な速度で、クレイトンが奥へ押し入ってくる。

「ん……っ、あ、あ……っ」

張り出した肉厚の雁《かり》に媚肉を擦られて、ぴんと勃《た》ち上がった雪都のペニスはとろとろと先走りを漏らした。

(クレイトンの、おっきくてすごく気持ちいい……っ)

心の中で淫らな言葉を呟く。気をつけないと、無意識に口走ってしまいそうだ。

初めて結ばれたとき、無我夢中で淫らな言葉をたくさん口走ってしまった。あとから自分の言動を思い返し、恥ずかしさのあまりしばらくクレイトンの顔を見ることができなかった。もうあんな思いはしたくない。だからセックスの最中は、細心の注意を払って口を慎まなくては。

「……っ、ん、あああ……っ！」

しかしそんな考えも、クレイトンの巧みなひと突きで吹き飛んでいった。

快楽のスポットを絶妙の角度で擦られ、一瞬目の前が真っ白になり……。

「すまない、痛かったか？」

「いえ……っ、あ、ああんっ」

一拍遅れて大きな波がやってきて、雪都はとろりと淡い精液を漏らした。先ほど下着の中で出してしまったので——そして昨夜自慰をしてしまったので、タンクの中身はほとんど残っていなかった。けれどクレイトンと交わりながらの射精は、やはり格別に気持ちいい。

「……待って……」

クレイトンがペニスを引き抜こうとしたので、雪都は急いで彼の腕を摑《つか》んで引き留めた。

「入れたままで大丈夫か？」

クレイトンの気遣わしげな問いかけに、睫毛を伏せてこくこくと頷く。

太くて逞しい男根を咥《くわ》えたまま、もう少し余韻を味わいたい。もちろんそんな破廉恥な言葉は口にできないが、はしたない媚肉がクレイトンにすがりつくように絡みついてしまう。

「雪都……っ」

クレイトンが低く呻くように囁き、同時にクレイトンの牡が雪都の中でどくんと大きく脈打った。

「ひゃんっ」

五日ぶりの交わりで、クレイトンも切羽詰まっていたらしい。体の内側に熱い飛沫《しぶき》を叩《たた》きつけられ、下半身がとろけそうな快感に襲われる。

(あ……クレイトンの……っ)

浅い部分で中出しされて、蕾の奥に熱い精液が流れ込んでくるのがわかった。生々しいその感触に、本能的な部分を刺激されて身悶《みもだ》える。

「……悪い、つい……」

「いえ、僕も……あ、ああっ」

ほとんど硬さを保ったまま、クレイトンが小刻みに腰を動かしながらじわじわと奥へ向かってきた。蕾の中で精液がぬちゃぬちゃと濡れた音を立て、その淫らな音とぬるついた摩擦が雪都の官能をこれでもかと煽《あお》り立てる。

「あ、あっ、あああ……っ!」

最奥を突き上げられて、快楽が稲妻のように全身を駆け抜けていく。

意識がどこかへ行ってしまいそうで、雪都は夢中でクレイトンの体にしがみついた。

「雪都、愛してる」

荒い呼吸とともに耳元で甘やかに囁かれ、心臓が激しく高鳴る。

たった五日離れていただけなのに、今更ながらクレイトンの不在に対する寂しさや切なさがこみ上げてきて、じわりと涙がにじんでしまった。

「どうした？　痛いのか？」

「……あなたが無事に帰ってきたのが嬉しくて……」

取り繕う余裕もなく、素直な気持ちが唇からこぼれ落ちる。

クレイトンが動きを止めて、まじまじと雪都の顔を見下ろした。

「俺も、きみのいる家に帰ってくるたび嬉しいよ」

優しく頬を撫でられ、堰《せき》を切ったように涙が溢れてくる。

胸を掻《か》きむしられるようなこの想いを伝えるには、いったいどうしたらいいのだろう。言葉が見つからなくて、ただクレイトンの青い瞳を見つめることしかできない自分がもどかしい。

「……ん……っ」

ふいに唇を重ねられ、熱い舌に口腔《こうこう》をまさぐられる。

何も考えられなくなって、雪都はクレイトンとの甘やかな行為に集中することにした。

全身が心地いい気怠《けだる》さに包み込まれている。

クレイトンの腕の中で、雪都は目を閉じたまま情事の名残を味わった。

久しぶりだったせいか行為はいつも以上に濃厚かつ情熱的で、体は疲労困憊《こんぱい》、喉もからからだ。

しかしそんなことも気にならないほど、心は幸福感で満たされている。クレイトンが帰宅した際に感じた違和感が完全に消えたわけではないが……。

「雪都、起きてる？」

耳に口づけるようにして、クレイトンが小さく囁く。

「ええ……」

掠れた声で返事をすると、クレイトンが体勢を変えて顔を覗き込んできた。

「帰ったときに言いそびれてたが、再来週に休暇が取れることになったよ」

ぱちっと目を開け、雪都はクレイトンの青灰色の瞳を見上げた。

「……本当に？」

「ああ、土日を入れて五日間。きみも九月の第三週なら休めると言ってただろう？」

「ええ、大丈夫です」

「よかった。じゃあ念願の旅行に行けるな」

前々からクレイトンと、休みが取れたら旅行しようと話していたのだ。ふたりとも観光地にはあまり興味がないので、敢《あ》えて行き先を決めずに行き当たりばったりのドライブ旅行をしてみよう、と。

「そうそう、僕もあとで言おうと思ってたんですけど、今日ジュリアンから電話がかかってきて、来週の土日に一緒に郊外の貸別荘に行かないかって誘われて……」

「ジュリアンとサイラスと四人で？」

「ええ」

「今回は辞退しよう。来週はちょっと立て込みそうだし、今はきみとふたりきりの時間を優先したい」

優しく髪を撫でられ、胸がじんわりと熱くなる。

ジュリアンたちと一緒に過ごすのも楽しそうだが、このところ互いに忙しかったので、雪都としてもクレイトンとふたりきりで過ごしたいと思っていたのだ。

「旅行だけど、どっち方面がいい？　北か南か」

「そうですね……それも当日の朝、コイントスか何かで決めるっていうのはどうでしょう」

「いいね、すべて運任せってわけだ」

言いながら、クレイトンが体を寄せてくる。

腰にまわされた手の動きに、雪都は熱い吐息を漏らした――。

Day1　9月16日

——九月の第三週の水曜日。

早朝にワシントンDCを出発し、途中で何度か休憩を挟みつつ南下すること八時間。都会の渋滞を抜け出したシルバーの4WDワゴンは、水を得た魚のように森の中の道を進んでいく。前々からふたりで話していた通り、行き先はまったく決めていない。出かける直前のコイントスで南へ向かうことになり、チェサピーク湾を通過してノースカロライナ州の外海を望む田舎道を走っているところだ。

「海岸沿いの道を選んで正解だったな」

運転席のクレイトンの呟《つぶや》きに、雪都は大きく頷いた。

「ええ、ちょっと遅くなったけど、夏休みって感じがします」

あいにくの曇天だったが、それはそれで風情がある。

夏の気配を残しつつ、灰色の空の下で海面は大きく波立っていた。いつもこうなのか、それとも今日が特別荒れ気味なのかわからないが、自然の持つ荒々しさを久しぶりに目の当たりにし、雪都は心がざわめくのを感じた。

自然の脅威に晒《さら》された経験といえば、真っ先にアストンの別荘での出来事を思い出す。

五年ぶりにクレイトンと再会し、紆余曲折の末に結ばれた思い出深い場所ではあるが、猛吹雪で別荘が孤立して大変な目に遭った。

今でもときどき、雪が降り積もる森の中を逃げ惑う夢を見ることがある。

誰かが追いかけてくるのに、脚が重くて動かないのだ。捕まりそうになって悲鳴を上げ、自分の声に驚いて目を覚まし……。

『大丈夫か？』

そんなとき、クレイトンが気遣わしげに囁いて抱き寄せてくれるのが、どれほど心強いことか。

今更ながらクレイトンと再会して恋人同士になれた奇跡に胸が熱くなり、雪都はそっと運転席のほうへ視線を向けた。

「車を停《と》めて降りてみる？」

雪都の視線に気づいたのか、クレイトンもちらりとこちらを見やる。

「いえ、もう少し先に港町があるみたいだから、そこに寄ってみません？」

カーナビの画面を指さしながら、雪都は小さく微笑んだ。

こんな何気ない会話のひとつひとつが嬉しくてたまらない。日常生活でもいまだにクレイトンと目が合うたびに舞い上がってしまうのだが、旅という非日常はそうしたときめきを倍増させる効果があるようだ。

「いいね。そろそろ今夜の宿を決めたいし」

クレイトンが頷き、視線を前に戻す。

たまたま通りかかった小さな港町で、行き当たりばったりに宿を探す。ひとりだったら不安な気持ちのほうが大きいだろうが、クレイトンと一緒なら怖くない。

雲の切れ間から太陽の光が差し込み、ふたりを歓迎するように海面がきらきらと輝いた。


たどり着いた港町は、雪都が想像していたよりもずっと洒落《しゃれ》た雰囲気だった。

大きなヨットハーバーがあり、海を見下ろす丘にはカントリークラブが鎮座している。海沿いの道に連なるレストランやバーも小綺麗で、いかにもリゾート風だ。

とりあえずコーヒーでも飲もうということになり、雪都とクレイトンは素朴なログハウスのカフェに入って窓際の席に座った。

「小さな漁港を想像してたんだが、いっぱしの観光地だな」

窓から通りを見やり、クレイトンが意外そうに呟く。

「ええ、夏の間は大勢の人で賑《にぎ》わってたんでしょうね」

夏休みが終わってようやく静けさを取り戻したところだろうか。それでも通りにはアロハシャツを着た初老のカップルや若者のグループがそぞろ歩いている。雪都たちが知らなかっただけで、おそらく観光地として知られている町なのだろう。

「泊まる場所には困らなさそうだな」

「ええ、ここに来るまでの間、大きなリゾートホテルからこぢんまりしたB&Bまでいくつも見かけましたし」

「何か食べる？　ここ、けっこうフードメニューが充実してる」

「そうですね……あそこのガラスケースの中のパイ、どれも美味《おい》しそう」

メニューを見ながらあれこれ迷っていると、愛想のいい笑みを浮かべた中年のウェイトレスがやってきた。

「ご注文はお決まりですか？」

「俺はコーヒーとクラブハウスサンド。きみは？」

「えっと、僕もコーヒー、それとチェリーパイを」

「かしこまりました」

「ああ、ちょっと待って」

下がろうとしたウェイトレスを、クレイトンが呼び止める。

「今夜の宿を探してるんですが、どこかお勧めはありますか？　同性のカップルでも歓迎してくれるところがいいんですが」

クレイトンの質問に、ウェイトレスがちょっと驚いたように目を見開く。けれどそれは嫌悪の表情ではなく、こういう質問をされたのは初めてで面食らったといった感じだった。

「そうですねえ……リゾートホテルはどこも大丈夫だと思いますよ」

ウェイトレスが思案するように宙を見上げる。

小さな田舎町は、今でも保守的な考え方が根強い。おそらく同性愛に否定的な人の割合も大きいだろう。

クレイトンの質問には雪都もぎょっとしたが、せっかくならお互い気持ちよく過ごしたい。そのためには事前に確かめておいたほうが無難だ。

「個人でやってるB&Bは避けたほうがいいかも。ああ、でも……ちょっと待って」

ウェイトレスが何かを思い出したように踵《きびす》を返す。レジのそばの観光案内や各種イベントのフライヤーが並べてあるラックからパンフレットを一部抜き取り、こちらへ戻ってきた。

「ここから船で三十分くらいかかるんだけど、沖合の小さな島にリゾートホテルがあるんです。オーナー夫妻はとっても感じのいい人たちよ。六月に女性同士のカップルが島を貸し切って結婚式を挙げたばかりで」

「へえ……島のリゾートホテルか。いいかもな」

パンフレットを受け取ったクレイトンが、雪都にも見えるようにテーブルの上に広げる。

平屋のモダンな建物、大きな中庭、シンプルで前衛的なロビーの写真は、まるで現代アートの美術館のようだ。

「どう？　ここに行ってみる？」

「ええ、行ってみたいです」

パンフレットから顔を上げて、雪都は大きく頷いた。

島のリゾートホテルなんて行ったことがないので興味がある。それに、オーナー夫妻を知る人からの推薦というのも心強い。

「じゃあさっそく空きがあるか電話してみるわね。そこの船着き場にホテルの送迎専用の船が待機してて、予約が取れたら送ってくれるわ」

自分が勧めた宿を気に入ってもらえて嬉しかったのか、ウェイトレスがいそいそとカウンターへ戻っていく。数分後、熱々のコーヒーを運んできた彼女が予約が取れたと報告してくれた。

「お名前伺ってなかったけど、とびきりのイケメンふたり組だって言っといたから」

「ありがとう」

クレイトンがくすくす笑いながらこちらに視線を向ける。

とろけるような甘い眼差《まなざ》しに気恥ずかしくなって、雪都は小さく首をすくめた。

——一時間後。〈サンセット・リゾート〉が所有する島に上陸した雪都とクレイトンは、船着き場に立って空を見上げた。

「この天気じゃ〈サンセット・リゾート〉名物の夕陽《ゆうひ》は見られなさそうだけど、それでも充分来た甲斐《かい》があるな」

「ええ、島がまるまる全部ホテルの敷地だなんて、すごく楽しみです」

田舎道のドライブ旅行ゆえに宿泊はモーテルになるだろうと思っていたので、これは予想外の展開だ。この時期はもう海水浴は無理かもしれないが、浜辺を散歩するだけでもリゾート気分を味わうことができるだろう。

これで晴天に恵まれていたら言うことはなかったのだが……。

『予報じゃ明日の昼頃から雨になりそうだ。天候によっては迎えに行けない場合もあるが、それでもいいかね？』

〈サンセット・リゾート〉の送迎船の操縦士は、雪都たちが乗船する前にそう断りを入れてきた。

『午前中の早い時間にチェックアウトする予定なので大丈夫でしょう。もし欠航しても、特に予定を決めずに旅してるのでかまいません』

そう言って、クレイトンは雪都の手を引いて船に乗り込んだ。

「旅行の第一夜を島で過ごすことになるなんてな」

「ほんとに」

「ああ、足元に気をつけて」

言いながら、クレイトンがさりげなく手を差し出してくれる。

船着き場には他に誰もいない。人目がないので、雪都はいつもより少し大胆にクレイトンの手に指を絡めた。

「やあ、いらっしゃい」

ふいにどこかから声が聞こえて、ぎょっとする。慌てて手を離すと、船着き場からホテルへと続く階段を白い開襟シャツ姿の男性が駆け下りてくるところだった。

「こんにちは、ホテルのかたですか?」

「ええ、オーナーのジョセフです。〈サンセット・リゾート〉へようこそ」

四十代の半ばくらいだろうか。きっちり整えた口髭、後ろでひとつに束ねた長い髪――芸術家然とした風貌で、ホテルのモダンな建物の印象にぴったりだ。

「先ほどカフェから予約してもらったクレイトン・ガードナーです。こちらはパートナーの雪都」

差し出されたジョセフの右手を軽く握り返し、クレイトンがにこやかに挨拶をする。

「雪都です。このたびはお世話になります」

幾分緊張しながら、雪都もジョセフと握手をかわした。

「よろしく。おふたりが楽しく過ごせるよう、お手伝いさせていただきますよ」

言いながら、ジョセフが両手に雪都とクレイトンのスーツケースを持ち上げる。ジョセフに続いて岩場に設置された階段を上りながら、クレイトンが辺りを見まわした。

「ここは海水浴はできるんですか？」

「できないことはないですが、この時期はもう水温が低いのでお勧めしません。皆さん泳ぎたがるんですけど、砂浜がなくてこんな感じの岩場ばかりで、正直なところあんまり海水浴向きの島じゃないんです」

「なるほど。海辺の散策でとどめておいたほうがよさそうですね」

「ええ、二十分もあれば島をぐるっと一周できますからぜひ。残念ながら今日は天気が悪くて夕陽は見られないでしょうけど、島の西端に夕陽を眺めるための東屋《あずまや》もあります」

「いいね。夕食前に行ってみようか」

クレイトンに微笑みかけられ、こくこく頷く。階段を上り切った先、石畳の広場の先にホテルが見えてきて、雪都は目を輝かせた。

「素敵……」

四角い箱を連ねたような建物は、パンフレットの写真で見るよりずっと幻想的な雰囲気だった。非日常的な光景に、映画かドラマの世界に入り込んだようなわくわくした気分になる。

「ユニークでしょう？　よくあるリゾートホテルとは違う感じにしたくて、知り合いの建築家

に依頼したんです」

「いつ頃オープンしたんですか？」

「五年前です。ニューヨークの投資銀行に勤めてたんですが、仕事漬けの生活に嫌気がさしましてね。親戚からこの島を相続したのを機にリタイアすることにしたんですよ」

何十回何百回とくり返したであろうセリフを口にしながら、ジョセフが全面ガラスの大きな扉を開けてくれた。

天窓のあるロビーに足を踏み入れると、フロントの受付カウンターにいた若い女性が顔を上げる。

「いらっしゃいませ、ようこそ〈サンセット・リゾート〉へ」

「こんにちは。お世話になります」

「妻のアリシアです。アリシア、先ほどご予約くださったクレイトン・ガードナー氏と……」

「雪都です」

ジョセフが言い淀《よど》んだので、雪都は素早く助け船を出した。

日本語の名前はアメリカ人には馴染《なじ》みがないので覚えづらい。大学でもユキとかユーキと呼ばれることが多いが、一泊だけだし名前もニックネームも覚えてもらう必要はないだろう。

「あいにくの天気ですけど、快適に過ごせるようお手伝いさせていただきますね。こちらにサインをお願いします」

クレイトンと雪都の顔を交互に見やり、アリシアが笑みを浮かべる。おそらくジョセフより十歳以上年下の、優しげな顔立ちの美人だ。

「もしかして今夜の客は我々だけですか？」

宿帳にサインしながら、クレイトンが尋ねる。

「いいえ、もうひと組いらっしゃいます」

アリシアの返答に、雪都はほんの少し落胆した。送迎船に他に乗客がいなかったので、もしかしたらふたりきりで人目を気にせず過ごせるかと期待していたのだが……。

（けど僕たち以外にひと組だけなら、散歩の途中で誰かに鉢合わせすることもないかな）

アリシアの「お部屋はツインとダブルとありますが、どちらになさいますか？」という問いかけに、クレイトンがちらりとこちらを見やる。

「ダブルでいいかな？」

「え？　あ、はい」

慌てて雪都は頷いた。

改めて口にされると、ちょっと気恥ずかしい。もう何度も一緒にホテルやモーテルに宿泊しているが、クレイトンがこんなふうにわざわざ口にするのは珍しいことだ。同性カップル歓迎のホテルと聞いて、クレイトンもいつもよりガードが緩んでいるのかもしれない。

「ご案内します」

ジョセフがスーツケースを手に、ロビーの左側に延びた廊下へ進んだ。

しんと静まり返った廊下の左右に、八つの扉が並んでいる。雪都たちが案内されたのは、いちばん奥の一室だった。

部屋の内装も、外観やロビーの印象と同じくシンプルにまとめてあった。広々しているとは言い難いが、清潔感があって気持ちよく過ごすことができそうだ。

「夕食は七時から九時までの間に、ダイニングルームにいらしてください。ロビーを挟んで反対側にあります」

スーツケースを置くと、ジョセフはすぐに立ち去った。クレイトンとふたりきりになり、部屋の中央に置かれたクイーンサイズのダブルベッドから視線をそらす。

「なんか……新婚旅行みたいだな」

クレイトンが、くすりと笑いながら呟く。

聞こえなかったふりをして、雪都はフランス窓に近づいてカーテンを開けた。

「あ、バルコニーがある！」

フランス窓の向こうは、広々したウッドデッキが設《しつら》えてあった。平屋かと思っていたが、斜面に建てられているらしく、客室側は二階以上の高さがありそうだ。

「晴れてたら、ここから夕陽を眺めることができたんだろうな」

「ええ、けど、曇天の海も風情がありますね」

バルコニーの手すりに摑まって、雪都は灰色の空と海を眺めた。

風情があるのは確かだが、離れ小島のひとけのないホテルでこの天気だと、やはり少し寂しい感じがする。オフシーズンで宿泊客がいないとき、ジョセフとアリシアはどうやってこの寂《せき》寥《りょう》感《かん》を乗り越えているのだろう。

（世の中には、人里離れた場所で暮らすことを選ぶ人もいるけど……）

隣にやってきたクレイトンに肩を抱き寄せられ、雪都はそっと彼の体にもたれた。

クレイトンと一緒にいると、暖炉の薪が炎を揺らめかせているさまを眺めているような、温かくて心地よい気分になれる。何かアクシデントがあってふたりきりで無人島で過ごすことになっても、クレイトンが一緒なら乗り越えられるだろう。

ジョセフとアリシアも、寂しいなどとは思わず案外ふたりきりの時間を楽しんでいるのかもしれない。

「夕食まで時間があるし、ちょっと散歩しようか」

「そうですね。雨が降る前に、西にある東屋まで行ってみましょう」

スーツケースの中からパーカを取り出して羽織り、クレイトンとともに客室をあとにする。

ロビーには誰もおらず、しんと静まり返っていた。ダイニングルームのほうからかすかに物音が聞こえてきたので、多分ジョセフとアリシアは夕食の支度をしているのだろう。

外に出ると、正面からひんやりした風が吹きつけてきた。空気は重たい湿気をはらんでおり、雨が近いことを告げている。

「案内板がある」

到着したときには気づかなかったが、クレイトンが指さした方向に木製の大きな看板があった。島の地図と遊歩道、西端の東屋のイラストが描かれている。

地図を見ると、ホテルは楕円形《だえんけい》の島の中央に位置していた。遊歩道は実にシンプルで、海辺に沿って島をぐるりと一周できるようになっている。

「足元に気をつけて」

肩を並べて歩き始めてまもなく、そう言ってクレイトンが手を差し伸べてくれた。林の中の遊歩道は一応整備されているものの、ところどころ岩や木の根があって足場が悪い。

「アップダウンがけっこうきついですね」

「ああ、ジョセフは二十分もあれば一周できると言ってたが、山歩きに慣れてないと倍くらいかかりそうだな。大丈夫か？」

「ええ、こうして山道歩くの久しぶりだから、なんだかわくわくします」

山道も、ひとりだったらこんなに楽しい気分にはなれなかっただろう。クレイトンと手をつないで歩きながら、雪都は新鮮な空気を胸一杯吸い込んだ。

松の木や潮の香りが、頭や体をリフレッシュさせてくれる気がする。

「俺たちが昔住んでた田舎町を思い出すな。子供の頃、近くの林でよく遊んでたっけ」

「家の裏手の林ですか？　僕もジュリアンと探検しました」

「そう、あの林。何度か鹿に出くわしたことがあるよ」

　思い出話をしながら歩いていると、やがて前方に白い東屋が見えてきた。

「天気のいいときに見たら素敵でしょうね……」

「もう一、二泊して日の出か夕陽を見ようか」

「それもいいですね。雨もそんなに長々降らないでしょうし」

　切り立った崖の上にあるので、六角形の東屋からの眺めは抜群だ。灰色の雲の隙間からほんの少し日差しが漏れているさまが、絵画のように美しい。

「記念写真を撮っておこう」

　スマホを掲げたクレイトンに、肩を抱き寄せられる。思わず笑顔になった瞬間、クレイトンがすかさずシャッターを押した。

「もう一枚こっち側で撮ろう。おいで」

　今度は別の角度から、クレイトンがさらに密着してスマホを掲げる。少々動揺しつつ顔を上げたとたん、シャッター音が響いた。

「あ、ちょっと待って、今のなしです……っ」

「なんで？　可愛く撮れてる」

「嘘言《うそ》わないでください。僕、変な顔してるじゃないですか」

「変じゃないよ。照れてるのが丸わかりで可愛い」

「もう……っ」

気恥ずかしくて、けどクレイトンに可愛いと言われたのが嬉しくて、ついにやけてしまう。日頃は外ではあまりいちゃつかないようにしているのだが、ここは人目がないので少々羽目を外しても大丈夫だろう。

「結婚式もここでやったのかな」

「かもしれませんね。そこの広場に椅子を並べて……」

「ここも俺たちの式の会場候補に入れておく？」

耳元でクレイトンに尋ねられ、雪都はくすぐったさに首をすくめた。

雪都は結婚式やハネムーンなどのイベントにはさほどこだわりがないのだが、クレイトンはきちんと式を挙げたいらしい。ＤＣで人気の高級ホテル、カリブ海やハワイでの挙式プラン、郊外の一軒家でのガーデンパーティ等々、結婚式の各種パンフレットをもらってきては眺めている。

「うーん……ちょっとアクセスが悪いかな。けど、他人の目を気にしなくてよさそうですね」

「候補に入れるかどうかは泊まってみてから考えよう。そろそろホテルに戻ろうか」

「ええ」

振り返った雪都は、ぎくりとした。向こうから若い男性が四人歩いてくるのが目に入ったのだ。

「やあ、こんにちは」

クレイトンが声をかけると、彼らも笑みを浮かべて挨拶を返してきた。

「きみたちも〈サンセット・リゾート〉に宿泊してるの？」

中のひとりが、そう言ってから「だよね、ここにはホテルは一軒しかないし」と自分で突っ込む。金髪碧眼《へきがん》ですらりとした体型の、まるでモデルのように美しい男性だ。

「ああ、さっき着いたばかりだ」

クレイトンが答えると、四人の中でいちばん背が高く体格のいい黒髪の青年が大袈裟《おおげさ》にため息をついてみせる。

「俺たちも今日来たんだ。午前中は天気がよかったんだけど……。ああ、チェイスだ、よろしく。友人のルーク、コナー、エイダン」

黒髪の青年はチェイスと名乗り、あとの三人を順に指し示しながら紹介してくれた。金髪碧眼の美青年がルーク、茶色い髪を短く刈り上げているのがコナー、コナーと似たような髪型のエイダンもイケメンと言っていいだろう。おそらくクレイトンと同世代で、いかにも都会から遊びに来たお坊ちゃんたちという印象だった。

「クレイトンだ。彼はパートナーの雪都」

「パートナー？　恋人同士ってこと？」

りと笑った。
ルークの質問にクレイトンが「そうだ」と頷くと、コナーとエイダンが顔を見合わせてにや
明らかに馬鹿にしたような、不愉快な態度だ。けれど雪都は気づかないふりをしてやり過ご
すことにした。
彼らとは、島を去れば二度と会うことはない。赤の他人の言動をいちいち気にしていたら神
経がすり減ってしまう。
「俺たちは大学時代からの仲間なんだ。コナーが結婚することになったんで、バチェラーパー
ティを兼ねて旅行しようってことになって」
微妙な空気をかき消すように、ルークがコナーの肩に手を置く。
「それはおめでとう。独身お別れ旅行にこんな静かな島を選ぶなんて珍しいな」
「本当はラスベガスあたりでぱーっと騒ぎたかったんだけど、コナーの婚約者に猛反対されて
ね。ベガスなんか行ったら、ストリッパーを呼んで羽目を外すのが目に見えてるから」
チェイスがおどけたように言って、肩をすくめてみせる。
クレイトンも作り笑いを浮かべ、「じゃあまたホテルで」と会話を終わらせた。
「行こう」
ぎゅっと手を握られて、どきりとする。
観察力に長《た》けているクレイトンのことだから、コナーとエイダンの失礼な態度にも気づいて

いたのだろう。わざと見せつけるように指を絡めてきたので、雪都はふふっと小さく笑った。

「むかつく奴《やつ》らだ」

東屋から充分離れてから、クレイトンが忌々しげに呟く。

「むかつくのはコナーとエイダンだけです。チェイスとルークは嫌な感じじゃなかったですよ」

「まあね。けど、ああいういかにも社交クラブ上がりの連中は苦手だ」

「僕も積極的に仲良くしたいとは思わないタイプですけど、彼らのことは気にせず楽しみましょう」

「そうだな。せっかくのバカンスだし」

クレイトンが、つないだ手を持ち上げる。

手の甲に軽く口づけられ、雪都は心に刻まれた小さな傷が癒えてゆくのを感じた。


ホテルに戻ると、フロントにいたアリシアが「中庭で紅茶でもいかがですか？」と声をかけてくれた。

「ええ、ぜひ」

案内された中庭には、白いパラソル付きのテーブルが四つ並んでいた。綺麗に手入れされた芝生、白い花で統一された花壇もあり、いかにも写真映えしそうなスポットだ。

「素敵。リゾートホテルに来たって感じがしますね」

「ああ、こういう場所は人が多いと興ざめだが、ふたりきりだと最高だな」

しかし、ふたりきりの貸し切り状態は長くは続かなかった。運ばれてきた紅茶に口をつけたとたん、先ほど東屋で出くわした四人組がわいわい騒ぎながらやってきたのだ。

「中庭があるなら夕飯はバーベキューでもいいのに」

「何言ってるんだ。バーベキューって感じの庭じゃないだろ。お洒落なガーデンパーティ用の庭だよ」

「ああ、いかにもおまえの彼女が好きそうなやつだな」

エイダンとコナーのやりとりに、案内してきたアリシアが苦笑いを浮かべつつ下がっていく。

「やあ、また会ったね」

チェイスに声をかけられ、雪都とクレイトンも軽く手を挙げて応じた。

「はるばる島まで来たってのに、天気が悪くて泳げない上に、見所はしょぼい東屋とお洒落ぶった中庭だけ？　最悪だな」

脚を投げ出してだらしなく椅子に掛けたコナーが、不満げに吐き捨てる。

「ほんとに。なんだってこんな退屈な島を選んだんだよ」

エイダンに責められ、チェイスが肩をすくめた。

「パンフレットで見たときはいい感じに見えたんだよ。仕方ないだろ、コナーの婚約者にラスベガスはだめ、アトランティックシティもだめ、カジノやストリップクラブのない場所にしろって厳しく言われたんだから」

静かに過ごせるかと思ったが、これは先が思いやられそうだ。クレイトンも同じことを思ったらしく、「さっさと飲んで部屋に戻ろう」と目で語りかけてくるのがわかった。

「おまえら、ちょっと静かにしろよ。せっかく来たんだから楽しまないと」

ルークが皆をたしなめ、こちらに視線を向けて「騒がしくてすみません」とすまなさそうに口にする。

アリシアがチェイスたちの紅茶を運んできたので会話が途切れ、その間に雪都はカップに残っていた紅茶を急いで飲み干した。

アリシアが建物に戻るのを確認してから、コナーがにやにやしながら身を乗り出す。

「なあ、彼女なかなかいけてるよな」

「おまえ、もうすぐ結婚するのに何言ってるんだよ」

「いい女だって言っただけじゃん。けどさあ、旦那があんな年上だと、いろいろ不満がたまってそうだよな」

これ以上彼らの不快な会話を聞いていられなくなって、雪都は席を立った。眉間に皺が寄りつつあったクレイトンも、ゆっくりと立ち上がる。

「俺たちは失礼するよ」

「うるさくしてごめーん」

コナーのおどけたような言い方が、駄目押しのように不快感を増幅させた。


幸いなことに、夕食はチェイスたちのグループとは重ならず、ダイニングルームを貸し切り状態で利用することができた。

そして嬉しいことに、料理もなかなか本格的だった。

「旅先でこんなに美味《うま》い料理にありつけるとはね。正直、食事に関してはあんまり期待してなかったんだが」

食後のコーヒーを飲みながら、クレイトンがジョセフとアリシアに聞こえないように小声で囁く。

「僕もです。食事が美味しいのはポイント高いですよね」

ちょうどアリシアが「コーヒーのおかわりはいかが？」と言いながらやってきたので、雪都は彼女の顔を見上げた。

「あの、夕食とても美味しかったです。特にメインの牛肉の赤ワイン煮、すごく柔らかくて風味がよくて……それと蕪《かぶ》のスープも」

雪都の言葉に、アリシアが口元をほころばせる。

「そう言っていただけると嬉しいわ。結婚する前、ニューヨークのレストランで修業してたの」

道理で、味だけでなく盛りつけも洗練されていたわけだ。コーヒーのおかわりを注《つ》いでもらって、雪都はデザートのチョコレートムースをしみじみと味わった。

「ずいぶん風が強くなってきたな」

ダイニングルームを出たところで、クレイトンがふと立ち止まる。ロビーの窓の外で、木々が大きく枝を揺らしているのが見えた。

「本当だ。いつもこんな感じなのかな」

ガラス扉の前に立って外を眺めていると、ぱらぱらと雨が降り始めた。みるみるうちに雨脚が強まり、大粒の雨がガラス扉を叩《たた》きつけてくる。

「予報よりも早く降り始めましたね」

急ぎ足でやってきたジョセフが、開けっ放しだったロビーの窓を閉めていく。

「いつもこんなに風が強いんですか？」

「いえ、そうでもないんですけど……ほんとに風がすごいな」

ジョセフがロビーの一角に置いてあるテレビをつけ、天気予報をやっているチャンネルを探す。雪都とクレイトンもソファに腰を下ろし、テレビの画面に見入った。

『――このように暴風域が近づいており、沿岸部では今夜から明日にかけて強い雨が降るおそれがあります。強風、そして河川の急な増水にくれぐれもご注意ください』

画面に映し出された天気図に、雪都は眉根を寄せた。

「今夜は大雨になりそうですね」

「夕方見た予報じゃ暴風域は南に向かってるって話だったのに、急に進路が変わったみたいだ」

ジョセフが腕を組み、険しい表情で呟く。

「けど、明日の朝には暴風域の圏外になりそうですね」

「だといいんですけど」

天気図を見ながら三人で話していると、ふいに入り口のガラス扉が開いて強い風が吹き込んできた。

「まいったよ。急に降り出しやがった」

ずぶ濡れになったチェイスが、前髪をかき上げながら苦笑する。その後ろからルーク、コナー、エイダンの三人もわあわあ騒ぎながら駆け込んできた。

「タオルを持ってきましょう」

ジョセフが立ち上がり、フロントの奥に向かう。

「なんだよ、嵐でも来るのか？」

エイダンが不機嫌そうに吐き捨て、ソファにどかっと脚を広げて座る。ちょうど天気予報が終わってコマーシャルになったので、コナーがリモコンを摑んでチャンネルをあちこちまわし始めた。

「暴風域が近づいているらしいので、今夜は外に出ないようにしてください」

戻ってきたジョセフが、四人にタオルを配りながら釘を刺す。

「残念。夜の海を眺めながら、男同士でじっくり語り明かそうって計画だったのに」

コナーがちらりとこちらを見ながら、ふふんと笑う。〝男同士で〟という言葉に嫌味を込めたつもりなのだろうが、雪都は気づかないふりをしてテレビに視線を向けた。

「天気予報、終わっちまったみたいだな」

「ネットがつながらないと、こういうとき不便だよな。ネットがあれば天気予報なんかいつでも見れるのに」

彼らの会話を聞いて、雪都は初めてこの島にインターネットがつながっていないことを知った。おそらくパンフレットに書いてあったのだろうが、雪都は何日かネットなしでも苦にならないタイプなので、さほど影響はないだろう。

「やめろよ。待ってりゃそのうち予報やるって」

せわしなくチャンネルを変えていたコナーから、チェイスがリモコンを奪い取る。

「もういい。シャワー浴びてくる」

コナーが立ち上がり、踵を返す。エイダンもチェイスのほうへ振り返った。

「俺もシャワー浴びたい。先に使っていい？」

「どうぞ」

コナーとエイダンが客室へ向かい、ロビーのソファには雪都とクレイトン、チェイスとルークが残された。

「騒がしくて申し訳ない。天気のせいだけじゃなく、すべてが気に入らないみたいで」

ルークがこちらへ向き直り、悪戯《いたずら》っぽく笑ってみせる。美しい顔立ちの彼がそんな表情をすると、どきっとするほど魅力的だった。

「婚約者にラスベガス行きを反対されたときからずっと不機嫌なんだよ。嫌われたくないから、彼女の前ではいい顔してるけど」

「彼女もちょっと嫉妬深くて支配的なんだよね。今回の旅行も彼女があれもだめこれもだめって駄目出ししまくって、結局こんな辺鄙《へんぴ》な島に来る羽目になっちゃったし」

ため息をついたルークが、「きみたちはどうしてここへ？」と尋ねてきた。

「僕たちは行き先を決めずにドライブ旅行をしてて、立ち寄ったカフェでお勧めの宿を尋ねたら、ここを紹介されたんです」

「へえ、そうなんだ。まさかこんな嵐になるとは、お互いついてなかったね」

ルークに微笑みかけられて、雪都も笑みを浮かべる。コナーとエイダンはいけ好かないタイプだが、ルークの印象は悪くない。

「どこから来たの？」

「ワシントンDCです」

「じゃあわりと近いね。僕たちはニューヨークから来たんだ」

ルークは話し好きな性格らしく、自分たちのことを進んで話してくれた。チェイスは投資銀行に勤めていてエリート街道まっしぐら、コナーはテレビ局で広報の仕事に携わっており、エイダンはクラブの経営者らしい。

職業で人を判断してはいけないが、コナーがテレビ局勤務というのはいかにもという感じだった。

個人的に、マスコミ関係者にはあまりいい印象を持てずにいる。以前大学の研究室に取材に来たテレビ局のスタッフが、揃《そろ》いも揃って失礼な態度だったせいだ。

コナーも意地が悪くて軽薄なところがあのときのスタッフとよく似ている。もちろん業界にも礼儀正しく常識的な人もいるのだろうが、コナーのせいで悪いイメージが定着してしまいそうだ。

エイダンは腕から手の甲にかけて派手なタトゥーを入れており、少々崩れた雰囲気をまとっている。これまた偏見かもしれないが、クラブ経営者と聞いて納得だった。

「僕は親の経営する不動産会社で修業中なんだ。チェイスに言わせれば、すねかじりの延長なんだけど」

「そうは言ってないだろ。苦労知らずでうらやましいって言っただけだよ」

チェイスがルークの顔を見ながら苦笑する。

そういう表情をすると、チェイスはやけに魅力的だった。面長で鼻梁《びりょう》が高く、体格もいいので仕立てのいいスーツが似合いそうだ。

おそらく四人のリーダー的存在なのだろうが、なぜか印象が掴みにくかった。見た目は爽やかなスポーツマンで、いかにもエリートサラリーマンなのだが……。

（なんでだろう？　作り笑顔がわざとらしいせいかな）

コナーやエイダンのように無礼なことを言ったりはしないが、言動の端々に尊大さが垣間見えている。なんとなく見下されているような気になってしまうのは、考えすぎだろうか。

（……いけない。僕の悪い癖だな。ついつい人を観察して、分析しようとしちゃう）

心理学を学ぶ者として、そしてカウンセラーを志す者として、思い込みや偏見は禁物だ。彼らに抱いた勝手な印象をすべて消去しようと、軽く頭を左右に振る。

フラットな状態に戻せば、彼らへの印象もまた変わってくるはずだ――。

「さて、俺たちも部屋に戻るか」

チェイスが立ち上がろうとしたところで、テレビの画面に新しいニュースが映し出された。

『――ニューヨーク州のアディロンダック山地で、ハイキング中の男性によって発見された二体の白骨死体の続報です。鑑定の結果、十年前から行方不明になっていた女子高校生であることがわかりました』

アナウンサーの声に、はっとする。

思わず息を飲み、雪都は森の中を警察官が行き交う映像に見入った。

『遺体が発見されたのは、アディロンダック山地のスターレイク・タウンから三十キロほどの地点です。警察の発表によりますと、森の中に埋められた状態で発見され、現場の状況から他殺の可能性が高いということです』

アストンの別荘での事件を思い出してしまい、雪都は画面を見つめたままぶるっと背筋を震わせた。クレイトンも同じことを思い出したらしく、膝に置いた手をぎゅっと握り締めてくれる。

『遺体はスターレイク・タウン在住で当時十七歳だったケルシー・バレットさん、マーゴ・スティールさんです。ふたりは友人同士で、知人宅でのパーティに参加したあと行方がわからなくなっていました。警察は知人宅を出たあとの足取りを再捜査するとともに、目撃情報の提供を呼びかけています』

画面にケルシーとマーゴの顔写真が大きく映し出される。十七歳にしては大人びた――というか、化粧や派手な服で精一杯背伸びしていたのであろうことがうかがえる写真だ。

「……十年か。家族は複雑だろうな。どこかで生きているかもしれないという希望は断たれたが、真実を知ることもできた」

大きく息を吐いてから、チェイスが呟く。

ルークも、先ほどまでとは打って変わって険しい表情で画面を見つめていた。

「真実はまだ明らかになっていない。おそらく殺人事件だろうから、犯人が捕まるまで遺族の苦しみは続く」

クレイトンの言葉に、チェイスがゆっくりと振り返る。

「そうだな。けど十年も経っていると、犯人にたどりつくのは大変だろうな」

それが癖なのか、話しながらチェイスが首に掛けているチェーンを指にくるくると巻きつける。中庭で紅茶を飲んでいるときにもやっていたが、チェーンについている小さなペンダントトップが羽を広げた鷲《わし》あるいは鷹《たか》だということに気づき、鳥が好きな雪都はなんとなく親近感を覚えた。

画面が別のニュースに切り替わったので、それを機にクレイトンと顔を見合わせて立ち上がる。

「そろそろ僕たちは部屋に戻ります。おやすみなさい」

「ああ、おやすみ」

チェイスとルークを残し、クレイトンとともに客室へ向かう。廊下でふたりきりになると、クレイトンが肩を抱き寄せてくれた。

「アストンでのことを思い出して気が滅入《めい》った？」

「ええ、ちょっと。日頃はああいうニュースを見てもいちいちナーバスになったりしないんですけど、この天気のせいか思い出しちゃって」

「状況も似てるしな。あのときは吹雪の山荘、今回は嵐の孤島」

「孤島ってほどじゃないですよ。船は欠航になりそうですけど、電話は通じるでしょうし」

「まあな。とにかくさっきのニュースは忘れよう。俺も、つい仕事のことを思い出してしまうし」

　クレイトンがロックを解除し、客室のドアを開ける。

　雨は一段と激しくなり、窓ガラスを雨粒が叩きつけていた。

「シャワー、お先にどうぞ」

「いいのか？　一緒に入るって手もあるぞ」

　クレイトンの冗談めかしつつ半分本気の誘いに苦笑する。

「ここのバスルームじゃ狭くて無理です」

「本土に戻ったら、次は広いバスルームのあるホテルに泊まろう」

　大きな手に、くしゃっと髪を撫でられる。くすくす笑いながら、雪都は不埒なことをしようとする手から素早く逃れた。

シャワーを終えてバスルームから出ると、クレイトンは窓際の椅子に掛けて音を消したテレビの画面に見入っているところだった。

「暴風雨のニュースですか？」

「ああ。ノースカロライナの沿岸部に警報が出てる。さっきどこかの港が映ったが、船が何隻も沖に流されていた」

バスローブの前をかき合わせながら、雪都は眉間に皺を寄せた。ベッドの端に座り、テレビを覗き込む。

「送迎船のいる港が無事だといいんですけど」

「嵐のピークが過ぎても、しばらくは波が高くて船を出せないかもしれないな」

ちらりと雪都に視線を向け、クレイトンが隣にやってきてどさりと腰を下ろす。

「けどまあ、俺たちは予定を決めずに旅行してるんだし、無理に帰らなくてもいいよな」

「そうですね。ここ、食事がすごく美味しいし」

肩を抱き寄せられてどきどきしつつ、相槌《あいづち》を打つ。

「それに、明日にはあの四人組がいなくなって貸し切りになる可能性が高い」

「……っ」

耳元で甘く囁かれ、雪都はびくびくと体を震わせた。

婚約している相手とふたりきりの旅行――つまり婚前旅行というやつで、当然クレイトンもそのつもりでいるし、雪都もそのつもりで準備してきた。

けれど窓の外の大雨が気になり、なんだか落ち着かない気分で……。

「ちょ、ちょっと待って」

「どうした？」

「水を一杯……」

甘い雰囲気になるには、少し時間が必要かもしれない。急いで立ち上がり、備え付けの冷蔵庫からミネラルウォーターのボトルを取り出す。

「あれ？　こんな鋏《はさみ》、ありましたっけ？」

冷蔵庫の隣のデスクに見慣れない鋏を見つけ、雪都は振り返った。

「ああ、さっきフロントで借りてきたんだ。Tシャツのタグがついたままになってたから」

「ここに来る前、急いで荷造りしてましたもんね」

雪都は新品の服や下着は一度洗ってからでないと着ないのだが、クレイトンはそういったことには無頓着だ。捜査で何日も泊まり込む際、着替えを現地で調達することがあるので、いちいち構っていられないのだろう。

そういう大雑把なところも嫌いではない。先日シャツにタグをつけたまま出勤しようとしていたときのことを思い出し、雪都は口元をほころばせた。

「何か思い出し笑いしてるな？」

「ええ、シャツにタグをつけたままネクタイしてたときのことを」

「実を言うと、きみと同棲する前にはたまにやらかしてたんだ。職場に着いてから同僚に言われて気づいたことが何度かあった」

「首がちくちくして気になりません？」

「それが全然。きみみたいに肌が敏感だったら、すぐに気づくんだろうけど」

「……っ」

大きな手でうなじを撫でられ、甘やかな衝撃が体を駆け抜ける。

首をすくめつつ、雪都は抱き寄せられるままにクレイトンの肩にもたれた──。

Day2　9月17日

「おはようございます」

翌朝七時三十分、クレイトンとともにロビーを通りかかった雪都《ゆきと》は、フロントの受付カウンターにジョセフの姿を見つけて声をかけた。

「ああ、おはようございます。まったく、昨夜はひどい嵐でしたね」

「ええ、風の音がすごかったです。朝になって雨も風もだいぶ収まったみたいですけど」

「このまま過ぎ去ってくれればいいんですけど……」

ジョセフが浮かない表情でため息をつく。

「何か困ったことでも？」

クレイトンが尋ねると、ジョセフはしばしためらってから口を開いた。

「実は……電話が通じないんです。まあここは天気が荒れるとよく不通になるんですけど、防災用の無線も壊れたみたいで」

思わず雪都は、クレイトンと顔を見合わせた。クレイトンもアストンの別荘での出来事が頭をよぎったらしく、眉根を寄せている。

「他に連絡手段は？」

「緊急用のボートがあります。この天気じゃ、ちょっと出せそうにないですけど」

「港のほうもどうなってるかわかりませんね」

クレイトンの懸念に、ジョセフが頷《うなず》く。

「ええ、それも心配なんです。おそらく港もダメージを食らってるでしょう。送迎船が無事だといいんですが。ああ、すみません、朝食のご用意ができてますのでどうぞ」

チェイスたちはまだ起きていないのか、ダイニングルームは無人だった。窓際の席に座り、灰色の雲に覆われた空を見上げる。

「心配しなくても、嵐は今日中に収まるよ」

クレイトンが手を伸ばし、安心させるように軽く腕に触れてくる。

「だといいんですけど。本土と連絡が取れない状況というのが、ちょっと心配で」

「おはようございます。ゆうべは風の音がすごかったでしょう。眠れました？」

アリシアが朝食のプレートを持ってきてくれたので、雪都は「ええ、まあ」と急いで笑みを浮かべた。

「予報では昼頃には暴風域圏外になるって話だったから、午後には船が来ると思うわ」

アリシアはジョセフより状況を楽観視しているようだった。客を不安にさせまいと、敢《あ》えてそう振る舞っているのかもしれないが。

「チェイスたちはまだ来てませんか?」

「ええ、ゆうべは遅くまで起きてたみたいだから、多分まだ寝てるんじゃないかしら」

アリシアが立ち去ると、クレイトンが意味ありげな笑みを浮かべて顔を覗《のぞ》き込んできた。

「俺たちはゆうべは早く寝たから、今夜は夜更かししようか」

「……っ」

昨夜のベッドでのやりとりがよみがえり、頬が熱くなる。

——ふたりきりで過ごすバカンスの第一夜とあって、キスは甘く情熱的だった。雪都もそのつもりで、バスローブの下にはちょっぴりセクシーな下着をつけていたのだが……。

もつれ合ってベッドに倒れ込んだところで雷鳴がとどろき、高ぶりかけていた気持ちと体にストップがかかってしまった。

クレイトンは雷などまったく気にならないようだったが、雪都が怯《おび》えていることに気づくと優しく抱き締めてくれた。

『今夜は大人しく寝たほうがよさそうだな』

『ご、ごめんなさ……』

『謝らなくていい。嵐が通りすぎたら、部屋にこもってやりまくろう』

『もう……っ』

くすくす笑いながら、雪都はクレイトンの胸に顔を埋《うず》めた。

クレイトンは無理強いしないし、いつも優しくしてくれる。大事にしてくれていることが伝わってきて、昨夜はあの激しい嵐の中でも安心して眠りにつくことができた。

今日中に嵐は過ぎ去るだろうから、クレイトンの言う通り、熱い夜になりそうだ――。

頰のあたりにクレイトンの視線を感じつつ、気づかないふりでコーヒーを口にする。

こういうとき、恋人同士らしく同じ熱量で見つめ返すことができればいいのだが、やはりまだ気恥ずかしい。

（う……まだ見てる？）

他に客がいないせいか、クレイトンはいつもより大胆に雪都を見つめることにしたようだ。

視線の圧力に耐えかねてちらりと見やると、目が合ってどきりとする。

目が合うと、クレイトンはテーブルの下でさりげなく手を伸ばしてきた。太腿《ふともも》の上に大きな手を置かれ、全身の肌が粟立《あわだ》つような感覚に襲われる。

「当分外に出られないだろうし、部屋に戻ったら……」

「そ、そういう話は部屋に戻ってからにしましょう……っ」

「慎みのない男だって呆《あき》れてる？」

「とりあえず手をどけてください」

小声でくすくす笑いながらつつき合っていると、隣のテーブルに誰かがやってきたのが目の端に映り、慌てて表情を引き締めて姿勢を正す。

「やあ、おはよう」

にっこり笑って席についたのはルークだった。

「おはよう。ゆうべはひどい嵐だったな」

クレイトンが、何ごともなかったかのように爽やかに応じる。

「本当に。四人でパーティするつもりだったんだけど、そんな雰囲気じゃなくてさ。早々にお開きになって、大人しく寝るしかなかったよ」

「ある意味、印象に残るバチェラーパーティになりましたね」

雪都の言葉に、ルークが声を立てて笑った。

「なるほど。僕たちもそういうポジティブな考え方を身につけるべきだな」

通路を挟んでルークと言葉をかわしつつ、朝食を平らげていく。スクランブルエッグとベーコン、トースト、サラダにフルーツ……ありきたりなラインナップだが、どれも美味《おい》しくて食が進んだ。

「コーヒーのおかわりはいかが?」

コーヒーポットを手にアリシアがやってきたので、「お願いします」とカップを差し出す。

「あの、朝食もとても美味しかったです」

「よかった。この天気だし、何かひとつでもいいことがないとね」

アリシアが立ち去り、入れ替わりにダイニングルームの入り口にチェイスが現れた。雪都とクレイトンに「おはよう」と声をかけ、ルークの向かいに腰を下ろす。

「僕には挨拶なし？」

わざと不満そうな顔をしてみせるルークに、チェイスが苦笑した。

「おまえには今更挨拶もへったくれもないだろ。ところでエイダンを見なかった？」

「いや、今朝はまだ会ってない」

チェイスに「きみたちは？」と問われ、首を横に振る。

「なんで？　エイダンがどうかした？」

「起きたら部屋にいなくてさ。先に朝食をとりにいったのかと思ってたんだけど」

「散歩に出たとは思えないし、ホテル内のどこかにいるんじゃない？」

「おまえの部屋にもいなかった？」

チェイスの質問に、ルークが眉根を寄せる。

「いなかったよ。ああでも、隣のベッドで爆睡してたのはてっきりコナーだと思ってたけど、もしかしてエイダンだったりして？」

「なんだよ、隣のベッドで寝てるのが誰なのか把握してないのか？」

「知らないよ。僕は先に部屋に戻って寝たし、朝になって隣のベッドで誰か寝てたら当然部屋割り通りコナーだと思うだろ」

ふたりの会話からチェイスとエイダン、ルークとコナーが同室だったことを知って、雪都はちょっと意外な気がした。全員同じ部屋、あるいは全員個室かと思っていたのだ。

アメリカでは、男性がふたりで同じ部屋に泊まるとカップルだと思われることが多い。昨日のコナーとエイダンの態度から、そうした誤解を受けるのを嫌がりそうな印象を受けたのだが……。

(そういえば、このホテルは全室ツインかダブルのふたり用なんだっけ)

ひとり一部屋使うこともできたのだろうが、せっかくの独身お別れ旅行なので賑《にぎ》やかに過ごそうと考えたのかもしれない。

チェイスは、朝食を運んできたアリシアにもエイダンを見なかったか尋ねた。

「いいえ、見てないわ」

「いなくなったのは今朝から?」

だんだん心配になってきたのか、ルークが身を乗り出すようにして尋ねる。

「わからない。パーティがお開きになったあとすぐに寝て、朝まで一度も目が覚めなかったから……」

「おはよ。なに朝から深刻そうな顔してんだよ」

遅れてダイニングルームにやってきたコナーが、チェイスとルークの顔を見ながらあくびをする。寝起きですぐに来たらしく、髪はぼさぼさで瞼《まぶた》も寝腫れていた。

「エイダンがいないんだよ。見かけなかった？」

「は？　今起きたばっかなのに知るかよ」

不機嫌そうに言い捨てて、コナーはルークの隣にどさりと腰かけた。アリシアを見上げ、

「朝食はパス。コーヒーだけ頼む」と偉そうな口調で命令する。

「あー……二日酔いで頭がガンガンする。誰か鎮痛薬持ってない？」

コナーに冷ややかな眼差《まなざ》しを向けただけで、チェイスとルークは返事をしなかった。

「エイダンもゆうべかなり飲んでたよな。まさか酔い覚ましに外に出たとか？」

「あの嵐の中、外に出ようなんて思わないだろ」

「けど……探したほうがいいかも。前に酔っぱらったお客さんが、夜中に外に出て船着き場で寝てたことがあったから」

アリシアの遠慮がちな提案に、チェイスとルークが顔を見合わせる。

「そうだな。どこかで倒れてたりしたら洒落《しゃれ》にならないし」

「俺たちも手伝おう」

クレイトンが申し出て、雪都も頷いて立ち上がった。

「ジョセフも呼んでくるわ。まだ風が強いから、ひとりで行動しないようにね」

「俺はコーヒーを飲んでからでいいかな」

コナーは捜索に加わる気はないようで、ぐったりと椅子の背にもたれたまま動こうとしなか

った。

「戻ってきてるかもしれないし、念のためにもう一回部屋を見てくる」

「僕の部屋も見てくるよ。僕たちを驚かせようとベッドの下に隠れてたりするかも。ときどきそういうふざけたことする奴《やつ》だから」

チェイスとルークが急ぎ足で客室に向かい、雪都とクレイトンはエントランスの扉を開けた。

びゅうっと音を立てて、強い風が吹き込んでくる。雨はやんでいたが、空は相変わらず灰色の雲に覆われていた。

「この天気だから、そう遠くへは行ってないはずだ。まずは建物に沿って一周してみよう」

「足元に気をつけてくださいね。我々は船着き場へ行ってみます」

うしろからやってきたジョセフが、アリシアと手をつないで階段を下りていく。

雪都とクレイトンが時計回りに建物のそばを歩いていると、チェイスとルークが追いついてきた。ふたりとも、心なしか顔が青ざめている。

「部屋の隅々まで見たけどいなかった。ベッドに寝た形跡はあるんだけど……」

「船着き場はジョセフたちが見に行ってくれてる。俺たちは建物の周囲をチェックするから、きみたちは遊歩道を見てきてくれないか」

「わかった」

チェイスとルークが踵《きびす》を返し、雪都とクレイトンは客室棟側へ向かった。急な坂道を慎重に下り、平らな場所まで来てからバルコニーを見上げる。

下から見上げると、ホテルの建物は岩でできた崖の上に立っていることがわかった。三階分ほどの高さがあり、道理で部屋からの眺めがいいわけだ。

「エイダン！　聞こえたら返事をしてくれ！」

名前を呼びながら、バルコニーの下を進んでいく。岩場は濡《ぬ》れて滑りやすく、クレイトンが何度も振り返って「大丈夫か？」と声をかけてくれた。

「ええ、大丈夫です。ここは酔っぱらって散歩するには向いてないですね」

「ああ、遊歩道のほうが可能性がありそうだ。けど、念のためにあっち側も見ておこう」

廊下のいちばん突き当たり、雪都たちが泊まっている部屋のバルコニーを見上げ、裏へ回る。

雪都の前を歩いていたクレイトンが、ふいに立ち止まって「エイダン！」と叫んだ。

驚いてクレイトンの背後から前方に視線を向けると、岩場に誰かが――おそらくエイダンだろう――俯《うつぶ》せに倒れているのが目に入る。

「エイダン!?」

慌てて駆け寄ろうとすると、クレイトンにぐいと腕を摑《つか》まれた。

「きみはここで待っててくれ」

「え……？」

見上げたクレイトンの横顔が険しく強張《こわば》っている。悪い予感に体がすくみ、雪都は両手を握り合わせてこの予感が外れてくれることを願った。

クレイトンが、慎重な足取りでエイダンに近づいていく。俯せに倒れているエイダンの後頭部に血がついていることに気づき、悪い予感が黒雲のように広がっていく。

屈《かが》んでエイダンの首に指を当てたクレイトンが、こちらを見て小さく首を横に振った。

(嘘《うそ》……)

まるでモノクロ映画のワンシーンを見ているかのように現実感がなかった。

エイダンが息絶えているという事実が飲み込めず、茫然《ぼうぜん》と立ち尽くす。

「雪都、大丈夫か?」

いつのまにかこちらに戻ってきたクレイトンに顔を覗き込まれ、雪都ははっと我に返った。

「……え、ええ」

「ホテルに戻って、オーナー夫妻とチェイスたちに事故があったと告げてほしい。皆ホテル内で待機するように」

クレイトンの言葉に、こくこくと頷く。

エイダンはバルコニーから転落したのだろう。痛ましい事故ではあるが、アストンのときのように事件ではないのがせめてもの救いだ。

(どうしてこんなことに……)

ホテルへの道を急ぎながら、雪都はようやく感情がこみ上げてくるのを感じた。

エイダンにはいい印象を持っていなかったが、彼が若くして不慮の事故で亡くなったことは気の毒だと思うしやりきれない。家族が知ったら、どれほど嘆き悲しむことだろう。

「見つかりました？」

ホテルのエントランス前で、船着き場から戻ってきたジョセフとアリシアに声をかけられて振り返る。

「ええ、あの……」

言葉を発しようとするが、声が震えてうまくいかなかった。異変を察したのか、歩み寄ってきたアリシアが「大丈夫？　顔が真っ青よ」と気遣ってくれる。

「事故が……事故があったんです。エイダンが……」

「事故？　怪我《けが》でもしてるの？」

唇を引き結んだまま首を横に振る。ふいに涙がこぼれ、慌てて雪都は手の甲で拭った。

ジョセフとアリシアが顔を見合わせ、「まさか……」と呟《つぶや》く。

「雨が降ってきたわ。とりあえず中に入りましょう」

アリシアに促され、雪都はよろよろとロビーに足を踏み入れた。

ロビーのソファに寝そべっていたコナーが、「見つかった？」とあくび混じりに問いかけてくる。

アリシアが何か言いかけて口を噤《つぐ》んだところで、クレイトンがロビーの扉を開けた。

「チェイスとルークは？」

「まだ戻ってないわ」

「呼んできます」

クレイトンが踵を返そうとしたところで、ガラス越しにチェイスとルークが走ってくるのが見えた。

「結構降ってきたんで、傘かレインコートを貸してもらえます？」

言いながら皆の顔を見まわしたチェイスが、怪訝《けげん》そうな表情になる。

「どうかしました？　エイダンは見つかったんですか？」

「ああ、見つかった。中に入って座ってくれないか」

「さっきからなんなんだよ？　もったいつけずに言ってくれよ」

ソファから体を起こし、コナーが不満そうに唇を尖《とが》らせる。不穏な空気を察したのか、チェイスとルークは無言で手近な椅子に座ってクレイトンの顔を見上げた。

「残念ながら、エイダンは亡くなっていました。バルコニーから転落したことが原因かと思われます」

ロビーがしんと静まり返る。

アリシアが両手で口を覆い、ジョセフが「なんということだ」と呟いた。

チェイスとルークは表情を強張らせたまま微動だにせず、コナーは「冗談だろ？」と言いつつひどく狼狽《うろた》えた様子できょろきょろと辺りを見まわした。

「バルコニーから転落って……ゆうべあの嵐の中バルコニーに出て、誤って落ちたってこと？」

ルークが掠《かす》れた声で尋ねる。

「そういうことだと思います。昨夜エイダンを最後に見たのはいつでした？」

クレイトンの質問に、チェイスが宙を見上げた。

「同じ部屋だから多分俺が最後に見たってことになるんだろうけど……さっきも言ったように、ゆうべはパーティって雰囲気じゃなくて早めにお開きになったんだ。たしか十一時頃だったかな？」

チェイスが同意を求めるようにルークとコナーを見やる。

「ああ、十一時をまわった頃だった。四人で語り明かそうって計画だったんだけど、なんか白けちゃって」

そう言ってルークが肩をすくめる。コナーは俯いたまま、顔を上げようとしなかった。

「で、エイダンと一緒に自分たちの部屋に戻ったんだ。エイダンはかなり酔ってて、着替えもせずにそのままベッドに倒れ込んで高鼾《たかいびき》だったよ。俺も旅の疲れが出たのか猛烈に眠くて、十一時半にはベッドに入った。嵐の音がうるさいから耳栓をして……」

チェイスが言葉を詰まらせ、両手で顔を覆う。

「俺が気づいていれば、こんな嵐の中バルコニーに出るのは危険だって止めたのに」

「あなたのせいじゃないわ。自分を責めないで」

「アリシアの言う通りだよ。誰もこんなことは予測できなかった」

ルークがチェイスの肩に手を置いて励ます。チェイスだけでなく、自分とコナーにも言い聞かせるような口調だった。

一緒に旅行中に友人を亡くしたことは、今後も彼らの心に影を落とし続けるだろう。事故を防げたのではと責任を感じたり、被害者の家族や恋人に責められたり、こういう不慮の事故はその後の人生にも大きな影響を及ぼす場合が多い。

自分はまだ半人前だが、何かできることがあれば力になりたい。それを口にしようかどうしようか迷っていると、クレイトンが「あなたがたは？　何か夜中に気づいたことは？」とルークとコナーに質問を投げかけた。

「何も……。パーティが終わったあとは一度も部屋の外に出てないんだ。十二時前にベッドに入って、イヤホンで音楽を聴いているうちにいつのまにか寝入って、朝まで一度も目が覚めなかったし」

ルークが答え、コナーを見やる。

「俺も何も知らない」

ぶっきらぼうに答えたコナーは、何やら不満そうな表情でソファにもたれた。

「あのさあ、見つけてくれたのはありがたいんだけど、なんであんたが俺たちにあれこれ訊《き》くわけ？　なんか事情聴取みたいで気分悪いんだけど」

クレイトンがわずかに眉をそびやかし、コナーの目を見据える。

「失礼。仕事柄、つい」

「仕事柄って、もしかして警察官なの？」

ルークの質問に、クレイトンはさらっと「ＦＢＩの捜査官だ」と答えた。

チェイスが軽く目を見開き、ルークと顔を見合わせる。コナーは明らかに動揺した様子で、視線をせわしなく左右に揺らした。

「だけど……事件じゃなくて事故なんだろう？」

チェイスが訝《いぶか》しげな表情で尋ねる。

「ええ、転落した際の打ち所が悪かったのでしょう。バルコニーの下は岩場で、高さもかなりありますし」

皆無言になり、再びロビーがしんと静まり返る。先ほどより雨音が強くなっていることに気づき、雪都はクレイトンに視線を向けた。

クレイトンが頷き、立ち上がる。

「雨に濡れないようにバルコニーの下に移動させましたが、このままにしておくわけにはいかない。船が来るまで、どこか安置できる場所はありますか？」

アリシアと顔を見合わせてから、ジョセフがおずおずと口を開いた。

「……地下に冷凍室があります。冷凍庫に入りきらない食材をしまってあるんですけど……」

「ではそこに運び入れましょう。何か担架の代わりになるものはありますか」

「ええ、何かあったときのために担架を常備してます」

ジョセフが立ち上がり、アリシアに「冷凍室の場所を空けといてくれる?」と囁《ささや》きかけてフロントの奥へ急ぐ。

「運ぶのを手伝うよ」

三人のうち、チェイスだけがそう言って立ち上がる。ルークは迷う素振りを見せたが、コナーは俯いたまま顔を上げようとしなかった。

「ああ、頼む。きみたちはここで待っていてくれ」

レインコートをまとったクレイトンとチェイス、ジョセフが担架を抱えて出ていき、アリシアが地下室へ向かう。

ロビーには雪都とルーク、コナーが重たい空気とともに残された。

「……俺は部屋に戻る」

コナーが力なく呟き、よろけながら立ち上がる。

「大丈夫ですか?」

心配になって声をかけるが、コナーは振り返りもしなかった。

「あいつ、態度悪くてごめん」

「いえ、いいんです。かなりショックを受けてるでしょうから……」

客室へ向かうコナーの背中を見送り、雪都はルークの向かいに腰かけた。ルークも顔が青ざめており、かなり気分が悪そうだ。

「何か飲みます？」

「いいよ、ありがとう」

微笑《ほほえ》もうとするがうまくいかないらしく、ルークがため息をつく。

「僕は薄情な人間かもしれない。エイダンが亡くなったことは悲しいけど、それよりもエイダンの家族にどう報告したらいいのか、そればっかり気になってる」

「別に悪いことじゃありません。悲しみ方は人それぞれですし、あなたはご遺族の心情を思いやっている。残された人に寄り添うのも大事なことですから」

思わずそう言って励ますと、ルークが口元に小さな笑みを浮かべた。

「そう言ってもらえると罪悪感がちょっと薄れるよ。きみってなんかカウンセラーみたいだな」

カウンセラー志望だということは口にせず、雪都も微笑んだ。

「エイダンはクラブの経営者でしたよね？　あなたもよく行ってたんですか？」

「まあね。最近は仕事が忙しくて足が遠のいてたけど。最後に行ったのは二ヶ月前だったかな。

チェイスとふたりで……」

　ふいに黙り込み、ルークは記憶をたどるように宙を見上げた。

「……ニューヨークのクラブは競争が激しいんだけど、エイダンはなかなかのやり手で、店を始めて半年もしないうちに人気店になったんだ。平日でも店の前に長い行列ができて、有名人もいっぱい来てて」

　ルークがぽつぽつと思い出を語り始める。聞き役に徹することにして、雪都は彼の話に耳を傾けた。

「若くして人気クラブのオーナーになったもんだからモテモテだったよ。まあエイダンは大学時代から女性関係が派手でトラブルが絶えなかったんだけどね。今はモデルの彼女がいるんだけど、エイダンの浮気が原因で破局したり復縁したりのくり返しで」

　堰《せき》を切ったようにエイダンの話をしていたルークが、「全部過去形になっちゃったんだな」と表情を曇らせる。

「酔っぱらってバルコニーから落ちるなんて……。そういや大学時代も湖に飛び込んで溺れそうになったことがあって、酔うとはしゃいで無鉄砲になるタイプだったから、エイダンらしいとも言えるけど」

「……同じ部屋だったチェイスが心配です。自分を責めるなと言われても、あとあとまで引きずるケースが多いので」

雪都の言葉に、ルークが目を瞬《しばたた》かせる。

「もしかしてほんとにカウンセラーなの？」

専門家みたいな意見を述べてしまったことが気恥ずかしくなり、慌てて雪都は「いえ、まだ勉強中です」と釈明した。

「大学生？」

「ええ、心理学を学んでます」

「そうなんだ。ＦＢＩの彼氏とはいったいどこで知り合ったの？」

「えーと……実は昔から知ってるんです。クレイトンは僕の親友のお兄さんで……」

親友と偶然再会し、その縁でクレイトンとも再会したことをかいつまんで話す。

「へえ、偶然の再会ってすごくロマンティックだね」

「そうですか？」

「だって僕も僕の周囲も、最近はたいていマッチングアプリだもん。確かコナーの婚約者もそう。別れちゃったけど、チェイスの元カノも」

そう言って、ルークが肩をすくめる。

「きみたちはほんとラブラブだよね。まだ会って間もないけど、それでもわかるよ。きみたちお互いのことしか見てないし」

「え……っ」

驚いて、雪都は目をぱちくりさせた。自分とクレイトンは、ふたりきりのときはともかく人前ではいちゃつかないよう注意しているのだが……。

「自覚ないの？　ああ、きみは気づいてないのかな。クレイトンはきみのことばかり見てるよ。それはもう、とろけそうに甘い眼差しでね」

ルークの指摘に、かあっと頬が熱くなる。赤くなってうろたえていると、ルークがくすりと笑った。

「うらやましいよ。僕は誰かとつき合い始めてもなかなかうまくいかなくてさ。本心を見せるのが苦手なせいかな」

自分も最近そのことで悩んでいるので、雪都はルークの話に興味を引かれた。

友人を亡くしたばかりの彼と恋愛話をするのは不謹慎かもしれないが、気を紛らわせるために関係ない話をするのもいいかもしれない。

「恋人の前で素直になれない……ということですか？」

ルークが頷き、「相手に夢中だってことを知られると、弱みを握られるみたいで怖いんだ」と呟く。

「僕は……甘えるのがちょっと苦手かも。困らせちゃうんじゃないかとか、呆れられるんじゃないかとか、いろいろ考えてしまって」

雪都の告白に、ルークが悪戯《いたずら》っぽく微笑んだ。

「そんな心配ないって。クレイトンは年下の可愛《かわい》い恋人を甘やかしたくてしょうがないって感じだよ」

「だけど、甘やかされて守られるだけの存在にはなりたくないんです。年が離れてるから頼りないかもしれないけど、彼の支えになりたいっていうか、彼にも全部さらけ出して甘えてほしいというか」

誰にも話したことのない悩みが、思わず口から飛び出す。

考えてみたら、ジュリアン以外の人にクレイトンとの関係についての悩みを話したのは初めてだ。ジュリアンはいちばんの親友だがクレイトンの弟でもあるので、赤の他人のルークのほうがかえって話しやすいのかもしれない。

「難しく考えすぎじゃない？　きみたちお互い夢中でラブラブなんでしょう？　今僕に話したことを、そのままクレイトンに言えばいいんじゃないかな。言わせてもらうけど、その程度のことでクレイトンは困ったり呆れたりしないと思うよ」

ルークの言葉に、雪都は目をぱちくりさせた。確かにルークの言う通り、些細《ささい》な悩みを大きく膨らませているだけなのかもしれない。

「なんか目から鱗《うろこ》です……」

「僕のアドバイスが役に立ったみたいで嬉《うれ》しいよ」

「じゃあ次はあなたの悩みの番ですね。相手に夢中だって知られるのが怖いそうですけど」

雪都が言いかけると、ルークがそれを遮るように手を振った。

「まともな相手なら怖くないよ。世の中には、こっちの気持ちを利用しようとする人もいるからね。そういう人とはつき合わなけりゃいいって話」

これ以上その話題に触れて欲しくなさそうな言い方だったので、雪都もそれ以上追及するのをやめた。

しばし無言で、窓に叩《たた》きつける雨を見つめる。激しい雨音に気を取られていると、ルークが思い出したように口を開いた。

「オープンなつき合いみたいだけど、彼氏の職場の人とかも知ってるの？」

「ええ」

頷くと、ルークが目を眇《すが》めるようにしてじっとこちらを見つめた。

「いいね。僕の友人にも同性のカップルがいるけど、片方が関係を隠したがってて、そのせいでよく揉《も》めてるんだ」

それについてなんと答えようか迷っていると、アリシアがロビーに戻ってきた。

「あの……裏口から地下の冷凍室に運び入れたわ。三人ともずぶ濡れだから、そのままシャワーを浴びにいって……」

アリシアが声を詰まらせたので、雪都は立ち上がって歩み寄り、「大丈夫ですか？」と肩に手を置いた。

「ええ、大丈夫。……いえ、ちょっと大丈夫じゃないかも。少し休ませてもらっていいかしら。昼食はジョセフが用意してくれることになってるから……」

「気になさらず、ゆっくり休んでください。僕たちも、多分昼食どころじゃないんで」

ルークも立ち上がり、アリシアを気遣う。

アリシアは目を真っ赤にして「ありがとう」と呟き、重い足取りでダイニングルームの方向へ引き上げていった。

「僕も部屋に戻るよ。コナーがどうしてるか心配だし」

「あの、何か困ったことがあったら言ってください。僕にできることなら力になります」

ためらいつつ声をかけると、振り返ったルークが「ありがとう」と小さく微笑んだ。


「雪都、話があるんだ」

シャワーを終えてバスルームから出てきたクレイトンが、改まった様子で切り出す。

「なんです……?」

いい話ではなさそうな気配を感じ、雪都はおそるおそる彼の顔を見上げた。

「来て」

手を握られて、クレイトンと一緒にベッドの端に腰を下ろす。

視線が合うと、クレイトンが握った手に力を込めてきた。

「落ち着いて聞いてくれ。どうやら俺たちは、また殺人事件に遭遇してしまったらしい」

クレイトンの言葉に、雪都はごくりと唾を飲み込んだ。

いい話ではなさそうな予感はしていたが、まさか殺人事件という言葉が出てくるとは思わなかった。

「……どういうことですか？」

掠れた声で問い返す。背後から恐怖と不安が忍び寄ってきて、背筋がぞくりと震えた。

「念のために遺体を確かめたとき、上腕に強く摑まれた痕があることに気づいたんだ。あれは転落でできた痕じゃない。おそらく転落する前に誰かと争っていたんだと思う」

青灰色の瞳を茫然と見上げる。

「誰かがエイダンを、殺意を持って突き落としたということですか？」

「故意だったのか、それとも不幸な事故だったかはわからない。下から見上げたら、バルコニーの柵の一部が派手に壊れていた。チェイスは別の部屋に移ってもらうようにジョセフに頼んでおいたから、あとでバルコニーを調べにいく」

「最初から、単なる事故じゃないって気づいてたんですね……」

詰めていた息を吐き出すように呟くと、クレイトンがそっと抱き寄せてくれた。

「黙っててすまない。俺と違ってきみは嘘がつけないからな。知ったら態度に出てしまうだろう？」

「ええ、もろに挙動不審になってたと思います」

クレイトンが、ほんの少し唇を持ち上げるようにして微笑む。

「エイダンの手の爪に、争った際の犯人の皮膚片などが残ってる可能性がある。犯人は今この島にいる人間に限られるから、殺人あるいは傷害致死だと言ってしまうと、証拠隠滅を計ろうとしたり……」

少し言い淀《よど》んでから、クレイトンは「アストンのときのように暴走するおそれがあるから」と付け加えた。

「いったい誰が……」

「チェイス、ルーク、コナーのうちの誰かだろうな。ジョセフとアリシアには動機がない」

「……ですね。もしかしたら、三人とも共犯なのかも」

「それも大いにあり得る。部屋でパーティをしていたといっても何も証拠はないし、口裏を合わせるのも簡単だ」

クレイトンが宙を見上げ、深々と息を吐く。

「まいったな。今度は嵐の孤島か。まあ嵐が過ぎれば船を出せるだろうが、真相を突きとめないと第二、第三の被害者が出るかもしれない」

それについては雪都も同感だった。故意か事故かはわからないが、エイダンを死なせてしまった人物は大いに焦っていることだろう。今頃、真相を知る仲間の口封じをしたいと考えているかもしれない。

「もしかしたら、最初から計画的に仲間を殺そうとしていたのかも」

思わず口にすると、クレイトンが頷いた。

「ああ、独身お別れ旅行にわざわざひとけのない島を選んだのも、計画の一環だったのかもな」

「こういう場合、どうやって捜査を進めるんですか？」

「通常ならまず遺体の指の痕や遺留品を調べる。たいていはそれで犯人に行き着くからね。けど鑑識や検死官を呼べないから、動機から探っていくしかないな」

「動機……仲間内の揉めごとでしょうか？　表面上は、特に揉めているような感じはしなかったですけど」

「エイダンはこの旅行に不満そうだったが、その程度で大喧嘩《おおげんか》に発展したとは思えないな。いや、些細なことで揉めてこじれることも多々あるが……何か他に気づいたことはない？」

クレイトンに訊かれ、雪都は眉根を寄せた。

「思い当たりませんね。そうそう、事件に関係あるかどうかはわかりませんが、さっきロビーでルークにエイダンの思い出話をいろいろ聞きました」

エイダンの経営するクラブはニューヨークの人気店だったこと、浮気が原因でモデルの彼女と別れたりくっついたりしていること、酔うとはしゃぐタイプで、大学時代も湖で溺れそうになったこと。ルークから聞いた話を、雪都はクレイトンに伝えた。

「他にはどんな話をした？　どんな些細なことでもいい。事件に関係なさそうだと思っても、それが思わぬヒントになる場合があるから」

「ええと……ルークにあなたとの馴《な》れ初めについて訊かれました。もともと知り合いで、大人になって偶然再会したと話したら、すごくロマンティックだって」

ちょっと気恥ずかしかったが、きみたちはお互いに相手のことしか見ていないと言われたことも付け加える。

「なるほど、鋭い観察眼だ。確かに俺はきみのことばかり見てる」

クレイトンがにやりと笑い、つられて雪都も小さく笑った。

ルークの言う通り、クレイトンとの間に生じたわずかな違和感は取るに足らないことなのかもしれない。アドバイスに従って素直な気持ちを伝えたいところだが、今はそれどころではないし、第一急いで話さなくてはならないことでもない。

「ルークはコナーやエイダンと違って同性カップルに偏見がない印象でした。きみたちはオープンなつき合いみたいだけど、あなたの職場の人も知ってるのかと訊かれて……」

その流れで、自分の友人が同性同士でつき合っているが、片方が関係を隠したがるせいでよく揉めている——という話をしていたことを思い出す。

「友達の話だけどと言いつつ、自分の話をしてる感じだった？」

クレイトンに言われて、雪都ははっとした。〝友達の話だけど〟という前置きは、打ち明けづらい内容の相談である場合が多いのだ。

「その点は見落としてました。ちょうどアリシアが来て、話が途中になっちゃって……」

「三人の恋愛事情は何か聞いた？」

「ええ、最近は出会いはたいていマッチングアプリだという話をして、コナーの婚約者も、別れちゃったけどチェイスの元彼女もそれで知り合ったって」

「ルークには恋人がいるのか、聞いてない？」

「誰かとつき合ってもなかなかうまくいかないって話はしてましたけど、今現在そういう相手がいるかどうかは聞いてないですね……。機会があれば、それとなく訊いてみましょうか？」

「ああ、頼む。きみには話しやすいみたいだから」

ぽんぽんと雪都の肩を軽く叩き、クレイトンが立ち上がる。

「エイダンの部屋を調べてくるよ。きみはこの部屋から出ないように。鍵をかけて、俺が戻るまで絶対開けないで。誰か尋ねてきても開けちゃだめだ。いいね？」

「はい。あなたも気をつけて」

雪都も立ち上がり、クレイトンの肩にそっと触れた。

◇◇◇

客室のドアを閉め、内側から雪都が鍵をかけるのを確認してから踵を返す。

足音を忍ばせながら、クレイトンはゆっくりと廊下を歩いた。チェイスやルークたちの部屋の前を通り過ぎる際に聞き耳を立てるが、話し声や物音は聞こえない。

薄暗いロビーには誰もいなかった。スマホを取り出し、先ほど撮影した写真をチェックする。

エイダンの死に不審な点があることに気づき、雪都が皆に知らせにいっている間に撮っておいた事故現場の写真だ。当然ながら遺体の写真もあるので、雪都の前で見るわけにはいかない。

エイダンの上腕についた指の痕を、拡大して確かめる。おそらく犯人は、Tシャツの袖に隠れていたこの痕に気づいていないのだろう。

(あるいは、パーティのときによろけたエイダンを支えた、などと言ってごまかせると考えているのかもしれないいな)

鑑識や検死官に調べてもらえば死亡推定時刻や付着したDNAなどから犯人を絞り込めるが、今この状況でクレイトンにわかるのは指の痕から推測した手の大きさだけで、エイダンを摑んだ人物は男性であろうということくらいだ。

現場には転落を装ったような不審な点はなかった。バルコニーの上からエイダンの息が絶えたことを確認し、事故に見せるために敢えて現場に降りず、そのままにしておいたのだろう。

「すみません、エイダンの部屋の鍵を貸していただけますか？　それと空き箱をいくつか」

ダイニングルームにいたジョセフに声をかけ、クレイトンは鍵を借りて六号室へ向かった。

六号室は、クレイトンたちが泊まっている客室とほぼ同じ間取りだった。まずバルコニーの写真を撮って調べ、なんらかの毒物を仕込まれていた可能性を考慮して、室内に残されていた使用済みのコップや飲みかけのペットボトルをダンボール箱に収めていく。

幸いエイダンの荷物はそのまま残されていた。開けっぱなしのスーツケースの中身をひととおり調べ、ショルダーバッグの中の財布を検《あらた》める。

（カードや現金は手つかずか。まあそうだろうな）

地続きの場所なら強盗に見せかける手もあるが、ここではそうはいかない。

「エイダン・ベイカー、三十歳……」

ニューヨーク州発行の運転免許証を見ながら呟く。

なぜ彼は、仲間の誰かによって死に至らしめられたのか。

仲間内の揉めごとが原因の殺人は、これまで嫌というほど見てきた。金、嫉妬、恋愛関係のもつれ……エイダンが持っている何かを奪いたかったのか、それとも長年の恨みを晴らしたかったのか。

（電話が使えたら、恋人の身辺を探ってもらえたんだが）

浮気をくり返していたらしいエイダンを、彼女は深く恨んでいたのかもしれない。あるいはチェイス、ルーク、コナーのうちの誰かが彼女とできて、エイダンが邪魔になったのか。

窓際に立って灰色の空を見上げつつ、考えを巡らせる。

ふいに誰かがドアノブをがちゃがちゃと回す音がして、クレイトンははっと我に返って振り返った。

「誰だ?」

「チェイスだ。部屋に忘れ物をしたんだ」

ドアスコープを覗いてから、クレイトンはドアを開けた。

廊下に立っていたチェイスが「現場検証中?」と首を傾《かし》げるようにして中を覗き込む。

「一応ね。もう終わったからどうぞ」

チェイスを招き入れ、クレイトンはそれとなく彼の後ろ姿を観察した。

身長は自分と同じく百九十センチ前後、四人の中でいちばん背が高く、体もよく鍛えていることがうかがえる。エイダンと取っ組み合いの喧嘩になっても余裕で勝てそうだ。

(しかし昨夜のエイダンは泥酔状態だったようだから、あとのふたりでも可能か)

クローゼットの中を覗いたチェイスが、困惑した表情で振り返る。

「ここに黒いパーカを掛けておいたんだけど、見なかった?」

「ああ、失礼。エイダンのものかと思って」

ダンボール箱の中からパーカを取り出してチェイスに手渡す。

「遺品は警察に？」

「一応ね。ご家族への連絡も、警察からしたほうがいいかな？」

チェイスが神妙な顔つきになり、「そのほうがいいだろうな」と呟く。

「家族ぐるみのつき合いってわけじゃないから、お互いの家族のことはあまりよく知らないんだ。ルーク以外はニューヨーク出身じゃないから、家族と会う機会もなくて」

「きみはどこ出身？」

さりげなく尋ねると、チェイスが警戒心を漲《みなぎ》らせたのがわかった。

しかしそれは一瞬のことで、すぐに口元に穏やかな笑みを浮かべる。なぜそんなことを訊くのかなどと気色ばむのは得策ではないと判断したのだろう。

「アイオワ州の小さな町です。エイダンはＬＡ、コナーはボストン出身で、四人の中で俺だけ田舎者なんですよ。大学に進学するために初めてニューヨークに行って、そりゃもうびっくり仰天で」

「俺も田舎町出身だから、気持ちはわかるよ」

にっこり笑ってみせるが、場が和むほどの効果は得られなかった。ＦＢＩの捜査官だと明かしてしまった以上、関係者から煙たがられるのは承知の上だが……。

（こんなとき、雪都なら相手の警戒心をさりげなく取り除いてくれるんだがな）

夕食のときにでも、雑談を装っていろいろ探ってみるしかなさそうだ。

「部屋に戻るよ」

居心地が悪くなってきたのか、チェイスが踵を返す。

「ああ、俺ももう出て行くところだ」

一緒に部屋を出て、クレイトンはドアをロックした。チェイスが向かいの五号室に入ってドアを閉めるのを確認してから、ダイニングルームへ向かう。

「ジョセフ?」

キッチンの奥へ呼びかけるが、返事がなかった。しばらく待ったが戻ってこないので、だんだん心配になってロビーへ引き返す。

エントランスの扉を開けると、外はいつのまにか雨がやんでいた。建物から出て数メートル歩いたところで、レインコート姿のジョセフが船着き場の階段から上がってくるのが見える。

「どうかされました?」

声をかけると、ジョセフが顔を上げた。ひどく狼狽《ろうばい》した様子で、何か言いかけてから辺りを見まわす。

「実はちょっと……」

「どうしたんです?」

ジョセフを促し、クレイトンは人目につきにくいエントランスの脇へ移動した。

ジョセフが振り返り、声を潜める。

「雨がやんだので、緊急用のモーターボートを出せそうか見に行ったんです。ボート小屋に係留してあったんですが、沖に流されてて」

「沖に？」

「ええ、近ければ泳いでいって引っ張ってこれるんですけど、もうかなり遠いところまで」

「これまでにも嵐で流されたことがあったんですか？」

「いや、初めてですよ。もっとひどい暴風雨のときも流されなかったんですが」

ジョセフが天を仰ぎ、「まいったな。去年買い換えたばかりなのに」とぼやいた。

「この嵐が過ぎ去ってしまえば送迎船が来てくれるでしょうから、そんなに焦らなくて大丈夫ですよ」

「まあね。こう言ってはなんだが、起きてしまったことはもうどうしようもないし」

肩をすくめ、ジョセフがホテルの建物へ戻る。

ひとりになってから、クレイトンは腕を組んで眉間に皺《しわ》を寄せた。

緊急用のボートが流されたのは偶然とは思えなかった。おそらく本土との連絡を遅らせようとした犯人の仕業だろう。うまく沖に流せなかった場合を考慮して、エンジンを壊してある可能性も高い。

（ボートを流したのはいつだ？）

エイダンの転落はパーティがお開きになった午後十一時以降、遺体を発見したのが午前八時十分。

死亡推定時刻については、これまでの経験からクレイトンにもある程度推測できる。遺体の状態から、死後五時間以上は経《た》っているはずだ。

(明け方に雨が小やみになっていた時間帯があったな)

懐中電灯があれば、こっそり船着き場まで行ってボートを壊して流すことは可能だ。ルークとコナーは同じ部屋なので、相手に気づかれずに抜け出すのは少々難しいかもしれない。その点ひとりだったであろうチェイスなら難なく往復できただろう。もちろん三人のうちのふたりが共犯、あるいは三人とも共犯という可能性もあるが。

とにかく、再び雨が降り出す前に船着き場を調べたほうがいい。階段を駆け下りて、クレイトンは船着き場を見まわした。

送迎船の発着用の桟橋とは少し離れたところに、簡素なボート小屋があることに気づく。

今朝手分けしてエイダンを探した際、ジョセフとアリシアがボート小屋を見落としていた理由がわかった。まさかこの天気の中、客が足元の悪い岩場を歩いてボート小屋へ行くとは考えもしなかったのだろう。

岩の上を歩きながら、何か痕跡はないかと目を凝らす。何も収穫がないままボート小屋にたどり着き、クレイトンは中を覗き込んだ。

(鍵はなしか。不用心だな)

小さな桟橋に壁と屋根を取り付けた程度の小屋なので、鍵をかけていたとしても簡単に破ることができただろう。

小屋に入り、手がかりがないかチェックしていく。念のために靴跡の写真を撮るが、ほとんどが波に消されて不鮮明だった。

鑑識が来てくれたら、靴跡の一部からサイズやメーカーまで特定できるのだが……。

(まったく、アストンの悪夢がよみがえるな)

通信手段や道具がない場合に備え、原始的な捜査方法を研究しておいたほうがいいかもしれない。

「いや、休暇中に事件に遭遇するのはこれっきりにしてほしいね」

スマホの画像フォルダをスクロールしながら、クレイトンは独りごちた。雪都とふたりきりの楽しい旅行になるはずだったのにと思いつつ、小屋をあとにする。

小屋から数メートル離れたところで、向こうから誰かが歩いてくるのが見えた。

岩場を踏みしめるように慎重に歩いてきたのはルークだった。

「あれ？　何してるんですか？」

ルークに声をかけられ、クレイトンは素早く笑みを作った。

「緊急用のボートが沖に流されたと聞いてね。潮の流れによっては、岸に戻ってくるんじゃないかと」

「僕もさっきジョセフから聞きました。まったく、ついてないですよね」

言いながら、ルークが近づいてくる。

四人の中ではいちばん細身の優男だが、人は見かけによらないものだ。いきなり殴りかかられた場合に備え、クレイトンはルークとの間にそれとなく距離を取った。

「きみは？」

「僕もボートがどうなったのか気になって。岸に近かったら回収するのを手伝おうと思ったんですけど、見当たりませんね」

ジョセフが見たときは沖を漂っていたらしいが、更に遠くへ流されたか、あるいは沈んでしまったのか、ボートは影も形もなかった。

「この嵐が収まれば、送迎船が来てくれるさ」

「だといいんですけどね。いざとなったら、木を切って筏《いかだ》を作るしかないな」

ルークの軽口に少し違和感を覚え、クレイトンは彼の顔をちらりと盗み見た。

嘆き悲しんでいないのはおかしい、とまでは言わないが、友人が亡くなったわりにはあまり衝撃を受けていないように見える。

(いやいや、こういう先入観は禁物だ)

受け止め方は人それぞれ、敢えて何もなかったように振る舞って感情を押し殺す人もいる。

頭ではそうわかってはいるのだが、悲しみを表に出さない人をついつい疑ってしまうのは自分の悪い癖だ。

（雪都なら、ルークのこの態度をどう見たんだろうな）

雪都は他人の感情に敏感だ。普通は見落としてしまうような些細な兆候も、雪都は見逃さない。

『相手の言葉よりも態度や行動を重視しろ。口では何とでも言えるが、本音は表情や動作に現れるものだ』

捜査官としての訓練を受けたとき、指導教官からも口を酸っぱくして言われたことを思い出す。

ルークを探るため、クレイトンは会話を引き延ばすことにした。

「昨夜のあの嵐の中、どうしてエイダンはバルコニーに出ようと思ったんだろうな」

ルークが振り返り、肩をすくめる。

「あれだけ吹き荒れてたら誰だって気になりますよ。僕だって寝る前に何度かカーテンを開けて外を見ましたし」

「まあね。俺は窓を開けようとは思わなかったが」

「そこが酔っ払いとそうでない人の違いじゃないですか？」

俯《うつむ》いてつま先で岩を軽く蹴りつつ、ルークが寂しげに微笑む。

「確かに」

頷きながら、クレイトンはルークの端整な横顔を観察した。

過剰に嘆き悲しむこともなく、かといって無関心というわけでもなく、酔って馬鹿な行動をした仲間に呆れつつも彼の死に心を痛めているように見える。態度に不自然な点は見当たらないが、彼の行動が気になった。

(なぜ今ボート小屋に来た?)

様子を見に来たと言っていたが、クレイトンの言葉に合わせただけで、本気でボートの回収を手伝う気があるようには見えなかった。

それよりも、ボートを流した際の痕跡を消しにきたと考えたほうが合理的だ。

「エイダンのご家族は?」

ポーカーフェイスで、クレイトンは雑談を続けた。

「両親がLAにいるけど、離婚してそれぞれ別の人と再婚してます。もともと折り合いが悪かったみたいで、すっかり疎遠になってるって言ってました」

「そうか」

会話が途切れ、海に視線を向ける。強い風が吹きつけてきて、クレイトンは思わず顔をしかめた。

「また降ってきそうだな。そろそろ戻ろう」

「ほんとだ。いったいいつになったら晴れるんだか」

一緒にホテルに戻ろうとしたところで、ふいにルークが岩場にしゃがみ込んだ。

「どうした？」

「靴紐《くつひも》が緩んじゃって」

ルークがスニーカーの紐を結び直すのを、クレイトンはじっと見守った。

◇◇◇

午後八時、ダイニングルームは重苦しい空気に包まれていた。静まり返った室内に皿とカトラリーが触れ合う音だけが響き、時折思い出したように風が窓を叩きつける。

離れた席で夕食をとっているチェイス、ルーク、コナーの三人は、ダイニングルームに来てからずっと無言だ。友人が亡くなり、まだ本土と連絡がつかない状態であることを考えれば、それも当然かもしれないが……。

「このドレッシング、美味しいですね」

沈黙に耐えられなくなって、雪都は小声でクレイトンに話しかけた。

「そうだね」

クレイトンが微笑んでくれたので、少しだけ気持ちがやわらぐ。

「これも美味《うま》いけど、前にきみが作ってくれた醤油《しょうゆ》ベースのドレッシング、あれをまた食べたいな」

「ああ……あれもにんじんと相性がいいですよね」

食べながらぽつぽつと言葉をかわしていると、ふいにテーブルを叩く音がしてぎょっとする。

「いい加減にしてくれよ！　いつになったら帰れるんだ⁉」

声を荒らげたのはコナーだった。

ルークが驚いたように目を見開き、チェイスが「落ち着けよ」となだめている。

「これが落ち着いてられるかよ！　まったく、こんな島来るんじゃなかった！」

コナーがかなり酔っているらしいことに気づいて、雪都は眉をひそめた。テーブルには赤ワインのグラスが並んでいるが、たった一杯で呂律《ろれつ》がまわらないほど酔うとは思えないので、夕食前に部屋で飲んできたのだろう。

（酔いたくなる気持ちはわかるけど……）

チェイスたちのテーブルに次の料理を運ぼうとしていたアリシアも、目を白黒させてキッチンに戻っていく。今このタイミングでメインディッシュを持っていくのはリスクが高いと判断したようだ。

「天気のことは誰にもどうにもできないよ。運が悪かったんだ」

ルークが穏やかに言い聞かせようとするが、コナーはますます興奮して悪態をつき始めた。

「俺が言ってるのはこのクソ嵐のことじゃねえよ！　わかってんだろ！」

「大声を出すな。迷惑だ」

チェイスが苛立《いらだ》ったように立ち上がり、ぴしゃりと言い放つ。

チェイスの剣幕にたじろいだのか、コナーが言いかけていた言葉を飲み込んで視線をさまよわせた。

「うるさくして申し訳ない、この酔っぱらいは部屋に閉じ込めとくよ」

雪都たちに向き直って笑顔を作り、チェイスがコナーの腕を摑む。

反対側の腕をルークに摑まれそうになり、コナーが「触るな！」と再び悪態をついた。

「おい！　あんたＦＢＩの捜査官なんだろ！　エイダンのあれは本当に事故なのか⁉」

コナーのセリフに、雪都はぎょっとしてクレイトンの顔を見上げた。

クレイトンはさすがで、まったく表情を変えることなく水の入ったグラスを傾けている。

内輪揉めは真実をあぶり出すチャンスだ。犯人がぼろを出すのを悠然と待ち構える様子は、仲間同士で喧嘩している小動物を離れた場所から狙っている狼《おおかみ》のようだった。

「何が言いたい？　事故じゃなかったらなんだ？」

チェイスに睨《にら》みつけられ、コナーが口ごもる。言うべきか黙っておくべきか、彼の内心の葛《かっ》藤《とう》が手に取るように伝わってきた。

「あなたは事故ではないと思ってるんですか？」

グラスを置いて、クレイトンが淡々と尋ねる。

コナーはチェイスに睨まれて一気に酔いが覚めたらしく、青ざめて俯いたまま口を開こうとしなかった。

「あの……実は僕もちょっと気になってるんです」

ルークが、クレイトンとコナーを交互に見やりながら遠慮がちに切り出す。

「もしかしたら、自殺だったんじゃないかと……」

ルークの口から思いがけない言葉が飛び出し、雪都は目を瞬かせた。

「なぜそう思うんです？　何か心当たりが？」

クレイトンが問いかけると、ルークがこちらにやってきて手近な椅子に腰を下ろした。

チェイスもコナーの腕を離し、近くの席にやってくる。

「三ヶ月ほど前、エイダンの経営しているクラブで麻薬の密輸にかかわっていた従業員が逮捕されたんです」

チェイスのほうをちらちらと見ながら、ルークが続ける。

「当然ながらエイダンも事情を訊かれて、その後もしょっちゅう警察が店にやってくるようになって……かなり参っているようでした」

「エイダンも密輸にかかわっていたと？」

クレイトンの問いに、ルークが黙って頷く。

「もちろん本人は否定してましたけど、何度か見かけたんです。逮捕された従業員に何やらこそこそ耳打ちしてるところとか、強面《こわもて》の男たちがオフィスに出入りするところとか」

「警察にその話は？」

「してません。証拠がないのに友人を突き出すわけにはいきませんからね」

そっと視線を向けると、コナーは椅子の背にぐったりと寄りかかって床を見つめていた。

（コナーもエイダンは自殺だと思ってた？　それとも、殺されたんじゃないかと疑ってるんだろうか）

なんとなくだが、後者のような気がする。

ルークが唱え始めた自殺説は、ちょっと唐突だ。酔ったコナーがまずいことを言い出しそうになり、慌てて話をそらそうとしているように見える。

コナーのほうも酔ってまずいことを口走りそうになったことに気づき、だんまりを決め込むことにしたといった印象で……。

「あの……口出しして申し訳ないですが、それくらいで自殺しようって思いますかね？　密輸にかかわってた証拠はないんでしょう？」

いつから聞いていたのか、キッチンにいたジョセフが怪訝そうな表情で口を挟む。

ジョセフの疑問はもっともだ。本当に自殺を考えている人は、確実に死ねる方法を選択するだろう。もちろん突発的に衝動に駆られる人もいるが、いくら高さがあるからといってあのバルコニーから飛び降りて自殺しようと考える人はあまりいないのではないか。

（東屋《あずまや》のあるあの高い崖から飛び降りたというならわかるけど……）

ジョセフのほうへ視線を向け、ルークが少々鼻白んだ様子で言い返す。

「自殺の理由なんて、本当のところは誰にもわかりませんよ。最近のエイダンはかなり追い詰められている様子だったし、警察が来るたびに精神を削られていくようだと言ってましたし」

「……そうですね、余計なことを言ってすみません」

ジョセフが謝り、キッチンへ戻っていく。カウンターの奥で、アリシアが心配そうな様子で成り行きを見守っていた。

「残念ながら、現時点では事故か自殺か判断できません。捜査官といっても、検死に関しては素人なのでね。個人的には事故でまず間違いないと思うが、あとは管轄の警察に任せるしかない」

クレイトンが突き放すように言うと、ルークが申し訳なさそうな表情になった。

「あなたの見立てを疑うようなことを言ってすみません。僕たちみんな、エイダンを亡くしてちょっと気が立ってるみたいで」

「当然です。気になさらずに」

クレイトンが微笑んでみせ、ようやくその場に漂っていた緊張感が少しやわらぐ。

「メインディッシュをお持ちしますね」

アリシアが声をかけたのを機に、中断していたディナーを再開すべくチェイスとルークが自分の席へ戻っていった。

いったん落ち着いたように見えるが、水面下でそれぞれの思惑が渦巻いているのが伝わってきて、雪都の心のざわめきは収まらなかった。

チェイス、ルーク、コナー……三人は共犯なのか、それとも薄々犯人に気づいていて、それを隠そうとしているのか。

「……俺はいい。部屋に戻る」

メインディッシュが運ばれてきたが、コナーが弱々しく呟いて立ち上がる。

覚束《おぼつか》ない足取りでダイニングルームをあとにする彼の背に、チェイスが「気をつけて」と声をかけた。


午後十一時、外はしとしとと小雨が降っている。

そっとカーテンを開いて、雪都は窓ガラスの外の暗闇を見つめた。

（明日には本土に戻れるといいな……）

バスローブの前をかき合わせ、深々とため息をつく。ディナーの席での一件が、心に陰鬱な影を落とし続けていた。

――あの三人の中に、エイダンをバルコニーから突き落とした人物がいる。そのような人物と同じ建物で一夜を過ごすのは、考えてみたらとても怖いことで……。

(僕たちは狙われる理由がないけど……)

クレイトンは、犯人を刺激しないように事故だと信じているように振る舞っていた。自分の管轄外だから、さほど関心はないという態度で。

『いいか、雪都。殺人だと疑っている素振りは絶対に見せちゃだめだ。こちらの思惑に気づかれないよう、彼らと話をするのも避けたほうがいい』

部屋に戻ると、クレイトンはそう念を押した。アストンの別荘で散々怖い思いをしたので、雪都も素知らぬふりでやり過ごすのが賢明だと重々承知している。

チェイスたちはディナーのあと、誰も部屋から出てこようとしなかった。

クレイトンと雪都はロビーに残ってしばらくテレビのニュースを見ていたのだが、本土の嵐はとっくに過ぎ去ったようで、ほとんど報じられることはなかった。

『新しいニュースが入ると、地方の小さな町のことなんかすぐに忘れられるな』

『ほんとに。港がどうなってるのか、ネットがないと全然わかりませんね』

続報といえば、女子高生ふたりの白骨死体の事件について、遺族がインタビューに応じる様子が報じられていた。

娘の身に何があったのか、真実が知りたい――そう言ってケルシーの母親はハンカチで目を拭い、カメラに向かって情報の提供を呼びかけていた。

（真実か……）

失踪や殺人事件で真相が明らかになるのは、残念ながらごく一部だ。残された家族や恋人は、本当のことを知りたいと願ってもほとんど叶《かな》わず、一生癒えない傷に悩まされることになる。

少し前、雪都は大学の同級生から犯罪被害者の会のボランティアに誘われた。そのときはどうしても都合がつかず断ったのだが、ＤＣに戻ったら彼女に連絡してみようと心に決める。

「雪都？」

シャワーを終えてバスルームから出てきたクレイトンに呼びかけられ、物思いに耽《ふけ》っていた雪都は我に返った。

「どうした？　外が気になる？」

「ええ……また雨が降ってるなって思って」

「おいで」

クレイトンが両手を広げ、優しくハグしてくれる。

バスローブに包まれた厚い胸板に頬を寄せ、雪都は安堵《あんど》の吐息を漏らした。

不安でいっぱいだった心に、じんわりと温《ぬく》もりが広がっていく。クレイトンがいれば何も怖くない。そんなふうに思える相手に出会えた奇跡に、雪都は改めて感謝した。

「何か楽しい話をしようか」

「そうですね……本土に戻ったらまず何がしたいですか？」

「どこでもいいから目についたモーテルに入って、きみと心置きなくいちゃつきたい」

耳を甘咬《あまが》みされて、雪都はくすくすと笑った。

「今も部屋にふたりきりで、いちゃついてますけど」

「ああ。けど、心の底からリラックスできてないだろう？」

青灰色の瞳にじっと目を覗き込まれ、雪都は言葉を詰まらせた。

――そう、クレイトンの言う通り、恐怖が足元にとぐろを巻いている。逃げ出したくても島から逃げられないことを実感し、雪都はクレイトンにぎゅっとしがみついた。

「大丈夫だ。この状態がいつまでも続くわけじゃない。明日の夜には通りがかりの安モーテルで獣みたいに激しく交わってることを願おう」

「もう……」

おどけた言い方だったが、ちょっぴり欲望が刺激されて雪都は頬を染めた。今夜はとてもそんな気分になれないが、クレイトンの逞《たくま》しい体に抱き締められて眠りたい。

「そろそろ寝ようか」

「……ええ」

ベッドに倒れ込み、軽くキスを交わす。クレイトンは雪都がそんな気分になれないことをよくわかっていて、キスは優しく穏やかだった。

しばらく無言で抱き合い、クレイトンの鼓動を味わう。

どれくらい経った頃だろうか。クレイトンが、ふと思い出したように口を開いた。

「ルークがいきなり自殺説を唱え始めたのはどうしてだろうな」

「……コナーが事故を疑うようなことを言い出したからですよね」

「ああ、その通り。つまりルークが犯人か、犯人を知っていて庇《かば》っているかだよな」

クレイトンが考えを整理したがっているのがわかって、雪都は彼の顔を見上げた。

「庇っているとしたらチェイス？　コナーが犯人だったら、いくら酔っててもあんな余計なことは言わないですよね」

「チェイスの単独犯、あるいはルークも共犯か」

「理由はなんでしょうね」

「殺人の動機は、一般的に金銭トラブルと恋愛関係のもつれが多い。犯人はエイダンに借金をしていたか、それともエイダンの恋人を巡って三角関係だったとか？」

ふいにクレイトンががばっと体を起こしたので、雪都は驚いて目をぱちくりさせた。

「どうしたんです？」

「ああ、すまない。今急に思い出したんだ。事件とは無関係かもしれないが……昨日の夜、きみがシャワーを浴びている間にフロントに鋏《はさみ》を借りにいったと話しただろう？」

「ええ」

シーツの上にあぐらをかき、クレイトンが小声で続けた。

「フロントに誰もいなかったからダイニングルームを覗いてみたんだ。そしたらコナーがいて、アリシアと何か話していた」

「コナーとアリシアが？」

雪都も起き上がってシーツの上に座り、小声で問い返す。

「ああ。何を話しているかは聞こえなかったが、アリシアは困惑しているような、なんだか迷惑そうな表情だった。コナーのほうは俺に背を向けてたからどんな表情だったかわからないが、俺に気づくとふたりとも急いで笑顔を作った」

「ふたりきりで内緒話をしてた感じですか？」

「そのときはコナーが何か無茶な要求をしてアリシアを困らせてたんだろうくらいにしか思わなかったんだが、今思えば何か様子が変だった。彼らとアリシアは同世代だし、ひょっとしたら何かつながりがあるのかも」

「知り合いだったとか……元恋人とか？」

雪都の目を見て、クレイトンが頷く。

「バチェラーパーティにわざわざこんな辺鄙《へんぴ》な島のホテルを選んだのも妙だ。ラスベガスはだめだと言われたにしても、他にもうちょっと華やかな選択肢があるだろう？　敢えてここを選んだのは、アリシアがここにいるのを知っていたからかも」

「単に昔の知り合いに会いに来たってことも考えられますけど、僕たちには知り合いだとは話しませんでしたね」

「もちろんこれは憶測でしかないから、本人たちに訊いてみないことには本当のところはわからないが」

そう言って、クレイトンはシーツの上に仰向けに倒れ込んだ。

「コナーとアリシアに何かつながりがあるとして、それがエイダンの死にどう関係しているんでしょう……」

「俺の勘違いで、ふたりには何もつながりがないかもしれないし、エイダンの死とは関係ないかも。だが些細なことでもすべて疑ってみるのが捜査の基本だから」

眠くなってきたのか、クレイトンが目を閉じる。

そっとクレイトンに体を寄せて、雪都も重くなってきた瞼を閉じた。

Day3　9月18日

「おはようございます。今コーヒーをお持ちしますね」

――翌朝七時。クレイトンとともにダイニングルームに足を踏み入れると、カウンターの向こうにいたアリシアがすぐに気づいて声をかけてくれた。

「すみません、その前に少しお話をうかがいたいんですが」

ダイニングルームに他に誰もいないことを確かめてから、クレイトンが申し出る。

「ええ、なんでしょう？」

振り返ったアリシアが、力なく笑みを浮かべてみせた。昨夜眠れなかったらしく、目の下に濃い隈《くま》ができている。

「一昨日の晩、私が鋏《はさみ》を借りに来た際、コナーと何か話していましたよね」

「ええ」

「間違っていたら申し訳ないが、ひょっとして彼とは以前からの知り合いですか？」

クレイトンの質問に、アリシアが軽く目を見開いた。

「まさか。初めて会った人よ。だけど……実は彼にはちょっと困ってるの」

ダイニングルームの入り口のほうをちらっと見やり、アリシアが声を潜める。

「あの人、私にちょっかい出してくるのよ。信じられる？　結婚間近で、ここには独身お別れ旅行で来てるっていうのに」

驚いて、雪都《ゆきと》はクレイトンと顔を見合わせた。

初日にコナーがアリシアについて下世話な話をしていたが、まさか実際に行動に移していたとは思わなかった。

「あなたが鋏を借りに来て、おかげでコナーのしつこい誘いから逃れることができて助かったわ」

クレイトンが「そのことを、ご主人には？」と尋ねる。

「もちろん話した。あれ以来コナーとふたりきりにならないように気を配ってくれてる」

「その件で、ご主人にも話をうかがえますか」

「もちろん。今呼んでくるわ」

アリシアに伴われてやってきたジョセフは、苦虫を嚙《か》み潰したような顔をしていた。

「お客さんのことを悪く言いたくはないが、あいつはクソガキですよ。自信過剰で、自分になびかない女はいないと思ってる。旅先でのお遊びに私の妻を弄《もてあそ》ぼうとするなんて」

「あの四人のうちのひとりでも、過去にここへ泊まりに来たことはありますか？」

「ないですね。私はわりと記憶力がいいんです。この際だからぶちまけますけど、他の三人はともかく、コナーは一昨日船着き場に迎えにいったときから第一印象が最悪だった」

「自分の独身お別れ旅行なのに？」

「なんだか無理やり連れてこられたって感じでしたね。ああ、盗み聞きしたわけじゃないですよ。船着き場からホテルに案内するまでの間、四人の会話が嫌でも聞こえてきて」

　ジョセフの話を聞きながら、クレイトンが思案するように顎に手を当てた。

「誰がここを予約したんですか？」

「チェイスです。一ヶ月ほど前、電話で予約を受け付けました」

「他に何か気づいたことはありませんか？　ほんの些細《ささい》なことでも構いません」

　クレイトンが尋ねると、ジョセフとアリシアが怪訝《けげん》そうな表情で顔を見合わせた。

「エイダンに自殺の兆候があったかどうか……とかですか？」

「それも含めて」

　再び顔を見合わせてから、アリシアが遠慮がちに口を開いた。

「そういえばチェックインのとき、ツインが二部屋と知って、揉《も》めたってほどじゃないけど文句を言ってる人がいました。誰だったか忘れましたが、ひとり一部屋じゃないのかと言って……代表で宿帳にサインしていたチェイスが『大学の寮の思い出がよみがえっていいだろう？』とか『バチェラーパーティなんだからみんなで盛り上がらないと』みたいなことを言って、それでその場は収まりましたけど」

「部屋割りはどう決めたんです？」

「チェイスがエイダンに『おまえは俺と同じ部屋だ。鼾《いびき》がうるさい同士、ルークとコナーに迷惑かけないようにしないと』って冗談めかして言ってましたね」

クレイトンの眉間の皺《しわ》が深くなる。

雪都も、アリシアの話を聞いているうちに表情が強張《こわば》っていくのを感じた。

（チェイスがホテルの予約も部屋割りも決めたってことは……最初からエイダンを殺そうと計画してたんだろうか）

あるいはたまたま喧嘩《けんか》になり、殺すつもりはなかったのに死なせてしまったか。

いずれにせよ、エイダンを突き落とす機会が多かったのはやはり同室のチェイスだ。ルークとコナーにも機会がなかったわけではないだろうが、チェイスに気づかれる可能性が高い。

「ありがとうございます。他に何か思い出したら教えてください」

「ええ、そうします」

ジョセフとアリシアが立ち去ってから、雪都は小声でクレイトンに話しかけた。

「アリシアは無関係でしたね」

「ああ、だけどいくつかパズルのピースが見つかった」

クレイトンに限らず、捜査官は事件の捜査をパズルにたとえることが多い。ばらばらのピースを集め、それらを組み合わせて事件の全貌を明らかにし、犯人を絞り込んでいく。

もちろん無関係のピースが混ざっていることもあるし、反対に一見無関係に見えるピースが重要な意味を持っている場合もある。事件の捜査は、ひとつひとつのピースを丹念に調べて正しい位置にはめ込んでいく地道な作業なのだ。

クレイトンが頭の中でどんなふうにピースを組み立てているのか気になったが、ここで話すわけにはいかない。運ばれてきた朝食に集中することにし、雪都は「いただきます」とフォークを手に取った。


雪都とクレイトンが朝食を終えてダイニングルームを出ると、廊下の向こうからチェイスとルークがやってきた。

「おはよう」

「おはよう、コナーを見なかった？」

ルークの表情は強張っていた。落ち着かない様子で、クレイトンと雪都を交互に見やる。

「見てない。ダイニングルームにもいなかった」

クレイトンが答えると、チェイスとルークは顔を見合わせた。

「姿が見当たらないんだ……」

昨日の朝と同じ状況に悪い予感を覚え、雪都はクレイトンの横顔を見上げた。

「いつから?」

表情には出さなかったものの、クレイトンの声にも緊張が漲《みなぎ》る。

「わからない。昨夜ダイニングルームで一悶着《ひともんちゃく》あったでしょう。僕が部屋に戻ったら、コナーは布団をかぶって不貞寝してたんだ。僕もコナーの態度に腹が立ってたから、声をかけずに無視することにして……」

小さく息を吐いて、ルークが続ける。

「シャワーを浴びてベッドに入ったのが十一時頃、僕が寝るときにコナーがまだ寝てたのは確かだけど、そのあとのことは全然……今朝七時頃起きたとき隣のベッドが空だったから、先に朝食をとりにいったのかと」

ルークの声が不安そうに震え、チェイスが励ますように肩に手を置いた。

「俺もゆうべは誰かと話す気分じゃなくて、夕食のあと早めに部屋に戻った。確か八時半頃だったかな。そのあとは朝まで部屋から出てないから、コナーとも会ってない。さっきルークが俺の部屋に来てコナーを知らないかって言うから、ホテル内は一応ざっと探してみたんだけど」

「雨も上がってるし、散歩に出たのかも?」

そうであってほしいと願うように、ルークが言い加える。

「ジョセフとアリシアにも伝えて、手分けして探そう」

「俺たちは遊歩道を探してくる」

チェイスの申し出に、クレイトンが一瞬躊躇《ちゅうちょ》したのがわかった。

――エイダンを突き落としたのはチェイスかルークだ。

そしてエイダンの死に疑念の声を上げたコナーが行方不明……となれば、どうしてもコナーが第二の犠牲者になっているのではないかと考えてしまう。

（けど、昨日はふたりとも第一発見者になろうとはしなかった）

ということは、今日も自分たち以外の人に発見させる気なのだろう。

クレイトンも同じことを考えたらしく、「頼む」と短く告げて踵《きびす》を返した。

「すみません、コナーを見ませんでした？」

ダイニングルームに引き返し、ジョセフとアリシアに問いかける。

「見てないわ。まさか……また行方不明なの？」

クレイトンが頷《うなず》くと、アリシアの顔がみるみる青ざめていった。

「おふたりは建物内を探してもらえますか？　念のためにすべての客室内も。我々は船着き場に行ってみます」

「わかりました」

エントランスを出たところで、ふいにクレイトンが立ち止まる。振り返ると、両肩をそっと摑《つか》まれた。

「きみは部屋で待っていたほうがいい」

クレイトンは、悲惨な現場を見せたくないと思っているのだ。

確かにクレイトンの言う通り、部屋で待っていたほうがいいのかもしれない。コナーを発見したところで自分に何かできるわけではないし、かえって足手まといになりそうだ。

少し考えてから、雪都は青灰色の瞳を見上げた。

「いえ、僕も一緒に行きます」

今はクレイトンと離れてひとりになるほうが不安だ。

それに、捜査官のパートナーとして、彼の仕事に苦手意識は持ちたくない。

そして自分でも意外なことに、思いがけずかかわってしまったこの事件の結末を見届けたいという気持ちもあった。

「わかった。じゃあ行こう」

クレイトンが手を握ってくれたので、雪都も彼の大きな手をぎゅっと握り返した。

天気はほぼ回復し、快晴とまではいかないが雲の隙間から青空が見えている。送迎船が嵐の影響を受けていなければ、今日は迎えに来てくれるだろう。

(コナーが無事だといいんだけど)

皆が予想している最悪の事態は単なる取り越し苦労で、散歩に出かけているだけという可能性もある。あるいは、みんなを驚かせようとどこかに隠れているとか。

けれどそれを口にするほど楽観的にはなれず、雪都は無言でクレイトンとともに階段を駆け下りた。

船着き場に着くと、薄日が差して群青色の海面を照らしていた。あれほど荒れていたのが嘘《うそ》のように、波は穏やかに凪《な》いでいる。

「コナー！　いたら返事してください！」

船着き場に立って大声で呼びかける。クレイトンも同じように叫んだが、波がちゃぷちゃぷと打ち寄せる音が響くばかりで返事はなかった。

ひととおり船着き場の周辺を探し、クレイトンが顔を上げる。

「ボート小屋にも行ってみよう」

「ええ、あ、ちょっと待ってください」

目の端に何かが映った気がして、雪都は桟橋の先端へ戻った。

波間に何かが漂っている。それが紺色のスニーカーだということに気づき、思わず口から悲鳴が漏れた。

「どうした⁉」

慌てて駆け寄ってきたクレイトンが、スニーカーに気づくと視界を遮るように正面に回り込む。

「ゆっくり後ろを向いて、階段のところまで歩いて」

「は、はい」

言われた通り、クレイトンに背を向けてぎくしゃくと引き返す。階段まで来てからおそるおそる振り返ると、クレイトンが腹這《はらば》いになって、桟橋の下を覗《のぞ》き込んでいるところだった。

起き上がってこちらを見たクレイトンの表情に、全身が凍りつく。

コナーは桟橋の下にいるのだ——おそらく息絶えた状態で。

「雪都、チェイスとルークに気づかれないようにジョセフを連れてきてくれ」

クレイトンの指示に、こくこくと頷いて踵を返す。

震える脚を叱咤《しった》し、雪都は階段を駆け上がった。

すっかり晴れ上がった空とは対照的に、ロビーは重苦しい空気に包まれていた。

つい先ほど、クレイトンが皆にコナーが船着き場で溺死していたことを告げたところだ。

遺体には係留用のロープが絡まり、そのため流されずに桟橋の下に留《とど》まっていたらしい。もしもロープが絡まなかったら、沖に流されて発見はかなり遅れていただろう。

チェイスとルークは茫然《ぼうぜん》と固まり、クレイトンとともにコナーの遺体を海から引き上げて地下の冷凍室に運び入れたジョセフは険しい表情で床を見つめ、アリシアはハンカチで口元を押さえて嗚咽《おえつ》をこらえている。

まるで映画のワンシーンのように現実味のない光景だ。しかし先ほど目にした紺色のスニーカーが脳裏によみがえり、雪都は両手で顔を覆った。

（悪い夢なら早く醒《さ》めてほしい）

そう願わずにはいられない。けれど残念ながらすべて現実で、雪都とクレイトンは外界から遮断された島で殺人事件に遭遇しているのだ。

「……また事故ってこと？」

沈黙を最初に破ったのはルークだった。声はひどく掠《かす》れ、視線が定まらず左右に揺れている。

ルークのほうに向き直り、クレイトンが観察者の眼差《まなざ》しで彼を見据えた。

「いいえ、事故ではないと考えています」

「…………自殺？」

クレイトンが首を横に振る。

「コナーの肩と上腕に、強く掴まれた痕がありました。そして胸部に棒のようなもので突いた痕も。鑑識の結果を待たないことには正確なことは言えませんが、おそらく誰かと揉み合いになり、海へ突き落とされたのでしょう。つまり、これは殺人です」

アリシアがひっと息を飲む。ジョセフは遺体を引き上げた際に気づいていたのか、特に驚いた様子はなく床を見つめ続けていた。

「ここにいる誰かがコナーを殺したということ？」

ソファから体を起こし、チェイスが皆の顔を見まわす。さほど動揺した様子はなく、まるで他人事《ひとごと》のような言い方だった。

「そうです。そこで皆さんに昨夜の行動をお訊《き》きしたい」

「さっきも言ったように、夕食のあと八時半頃部屋に戻って朝まで一歩も出てない」

再びソファの背にもたれ、チェイスが少々面倒くさそうに告げる。

「僕も……話した通りです。昨夜確かにコナーが部屋で寝てるのを見ましたけど、声はかけずに就寝して……七時頃目が覚めたらいなくなってた」

チェイスと違ってルークはかなり動揺しているようだった。声が上擦り、言葉がもつれている。

ルークのほうをちらりと見やって、チェイスがふいに可笑《おか》しそうに声を立てて笑った。

「いくら俺たちがそう主張したって、信じるつもりはないんだろう？　なんせ証人がいないから、ずっと部屋にいたことが証明できない」

「そうですね。ホテル内にも船着き場にも防犯カメラはありませんし」

クレイトンが淡々と応じる。

「じゃあどうやって犯人を特定する？　というか、コナーの腕や肩の摑まれた痕だって、ゆうべついたものとは限らないんじゃないかな。ここに来た日、遊歩道を歩きながらエイダンとコナーがふざけ合って互いに坂から突き落とそうとしてたよ」

　チェイスの話を、ルークは口出しせずに黙って聞いていた。一点を見つめ、内心の動揺を押し隠そうと必死で努力しているのがわかる。

「鑑識が来ないことには何も証明できません。だからこれから話すことも私の推測でしかない」

　そう前置きしてから、クレイトンはチェイスの目を見据えた。

「皆さんには黙っていましたが、エイダンの転落も事故ではなく何者かに突き落とされたのではないかと考えています。だとしたら、これは連続殺人ということになる」

　チェイスの顔に、かすかな変化が現れた。

　しかし一瞬見せた感情は、あっというまにかき消される。

「同じ部屋にいた俺が犯人だって言いたいのかな？」

　不遜な笑みを浮かべ、チェイスが軽口を叩《たた》く。余裕たっぷりに見せようとするぎこちなさはなく、心から可笑しそうな様子なのが気になった。

　もしかしたら、チェイスはサイコパスと呼ばれるタイプの人間かもしれない。自信家で嘘が上手《うま》く、不利な状況になっても動じず、この場を切り抜けられると確信している――。

（まだチェイスが犯人だと決まったわけじゃないけど）

　先入観を持つのはよくない。心をフラットな状態に保って、今目の前で起こっていることを冷静に観察しなくては。

「あなたにはエイダンを突き落とす機会が他の人より多かった、とだけ言っておきましょう」

クレイトンの遠まわしな言い方にいち早く反応したのは、チェイスよりもルークのほうだった。

「ちょっと待って。容疑者はチェイスと僕だけ？　他にもエイダンとコナーを突き落とす機会があった人がいるのに」

「何か心当たりが？」

クレイトンに尋ねられ、ルークが険しい表情でアリシアに視線を向ける。

「一日目の夜、夕食のあとコナーがあなたに言い寄ってるのを見ました」

「……っ」

突然名指しされ、アリシアが驚いたように目を見開く。

「ここに来たときからコナーはあなたに色目を使ってちょっかい出してましたよね。当然ご主人もそれに気づいていたはずです。ご主人とコナーの間で何か揉めたのでは？」

「我々が怪しいと言いたいんですか？」

ジョセフが憤然と立ち上がり、ルークを睨《にら》みつけた。

「確かにコナーは妻に言い寄ってた。妻から相談されて、ふたりきりにならないように注意してた。けどそれだけだ。どうせ今日か明日には船が来て帰るだろうし、お客さんとのトラブルは極力避けたかったし」

「あなたは？　迫られてとっさに突き飛ばしたとか、身を守るために何か危害を加えたのでは？」

ルークの言葉に、アリシアの頬が怒りで赤く染まるのがわかった。

「勝手なこと言わないで！　コナーとはゆうべ夕食のときに顔を合わせて以来会ってないし、姿も見かけてない。確かにコナーには困らされてたけど、私たちは困った客のあしらいには慣れてる。腹が立つたびにいちいち殺してたら、今頃冷凍室は死体でぎっしりよ」

言ってから少々不謹慎な言いまわしだったことに気づいたらしく、アリシアが口を押さえる。

ジョセフが妻の肩を抱き寄せ、なだめるように軽く叩いた。

「第一これは連続殺人なんだろう？　コナーにはむかついていたが、エイダンとの間にはなんのトラブルもなかった。会ったばかりで、彼がどういう人物だったかも知らなかったし」

ジョセフに言い返されて、ルークが言葉を詰まらせる。けれど黙って引き下がる気はないらしく、再び唇を尖《とが》らせた。

「ちょっと思ったんだけど、エイダンとコナーは背格好がよく似てたよね。特に後ろ姿は長年のつき合いの僕でもたまに見間違えるほどだった。もしかして、最初に突き落とされたエイダンはコナーと間違って殺されたのでは？」

ルークはあくまでも夫妻が怪しいということにしたいらしい。

ジョセフが呆気《あっけ》にとられたように目を瞬かせ、大袈裟《おおげさ》にため息をついてみせた。

「いい加減にしてくれ。わざわざ客室に忍び込んでエイダンを突き落とすようなリスクを冒すはずがないだろう。同じ部屋で寝てたチェイスに見つかるに決まってる」

「で、結局俺がいちばん怪しいって話になるのか。まいったね」

チェイスが苦笑し、悠然と脚を組む。本土の警察が来るまでは何も証拠がないし、現段階では逮捕されるはずがないと高をくくっているのだろう。

「この中に犯人がいるのは確かだ。今は犯人を特定するより、これ以上犠牲者を出さないことを優先したい」

クレイトンの言葉に、チェイスが肩をすくめて一同を見まわす。

「じゃあどうする？　今夜は全員同じ部屋で寝て、お互いに監視する？」

「そうしたいところだが、俺の大事な人を殺人の容疑者と同じ部屋に寝かせるわけにはいかない」

言いながら、クレイトンが手を握ってくる。クレイトンの横顔を見上げ、雪都も彼の手をぎゅっと握り返した。

ふたりが手をつなぐところをじっと見ていたルークが、猫のようにすっと目を眇《すが》める。

「そう言うけどさ、きみたちも容疑者だよ。犯人じゃないって証拠は何もないし、第一ＦＢＩの捜査官だって言われても、僕たちには確かめようがないんだから」

ルークの冷たい口調に、雪都は目をぱちくりさせた。

ルークとふたりで話したときのことを思い出す。彼は心優しい人だと感じたが、あれは見せかけだったのだろうか。

――いや、違う。あのとき見せたのがルークの素顔であり本質だ。

ルークは今、なりふり構わず必死で誰かを庇《かば》おうとしている。ルークにとって、いちばん大事な愛する人を……。

「確かに、今の状況では全員が容疑者だな。けど動機の点で俺たちふたりは除外させてもらいたい。もともとここに来る予定ではなかったし、たまたま居合わせただけできみたちとは面識がなかった」

「捜査官がそんなこと言っていいの？　世の中には面識がない初対面の人を殺すケースもたくさんあるでしょう」

むきになって言い返すルークに、ジョセフが冷ややかな視線を向ける。

「常識的に考えて、きみたちのどちらか、あるいはふたりで共謀して殺したと考えるのが普通だろう」

「だけど……っ」

なおも反論しようとするルークを、チェイスが手で制した。

「わかりましたよ。怪しいと思うなら、船が来るまで俺たちをどこかに閉じ込めておけばいい」

軽く言い放ったチェイスを、ルークがまじまじと見つめる。

「そんなの許されるの？　どうして僕たちが……」

「今は非常事態だからな。俺たちを閉じ込めて気が済むなら、お好きにどうぞ。本土に戻ったら優秀な弁護士を雇うから、捜査の違法性を問われることになるだろうけどね」

チェイスの挑発を無視し、クレイトンはジョセフに向き直った。

「彼らを隔離できる、外から鍵をかけられる場所はありますか？」

「ええ、離れのバンガローが二棟あります。ちょうど嵐に備えて外から窓に板を打ち付けたところだし、警察が来るまで入り口のドアも外から釘付《くぎづ》けすればいい」

ジョセフが鼻息荒く立ち上がり、大股でフロントへ向かう。

その後ろ姿を見やり、チェイスが肩をすくめた。

「本当に監禁するんだ。まあいいけど。部屋を移動するなら、荷物を取ってきていいかな」

「もちろん。ただしひとりずつ、俺の監視下でお願いしたい」

「了解」

軽く言って、チェイスがゆっくりと立ち上がった。

◇◇◇

背後に手をまわし、シャツの上からジーンズのウエストに差し込んだ銃を確かめる。前を歩くチェイスとルークを、クレイトンは注意深く見守った。

本当は縄や結束バンドなどでしっかり拘束して連行したいところだが、逮捕状もないのに犯人扱いはできない。何かあれば容赦なく肩か膝を撃つつもりだが、のちのちのことを考えるとこれ以上の無茶は避けたいところだ。

（今でも充分、やり手の弁護士にかかれば〝行きすぎた捜査〟ってことで吊《つる》し上げられるだろうしな）

それでも構わない。このまま彼らを野放しにするわけにはいかない。

それにしても、いったい動機は何なのか。

こればかりは犯人に訊いてみないことにはわからないが、彼らの間になんらかの根深い確執があったのは確かだろう。

（多分ルークはチェイスに惚《ほ》れている）

ルークの視線や態度から、クレイトンは早い段階でそのことに気づいていた。

対照的に、チェイスは本心が見えないタイプだ。狡猾《こうかつ》な男だから、ルークの気持ちを知った上で彼の好意を利用しているようにも見える。

チェイスとルークの関係は、エイダンとコナーの死にどうかかわっているのだろう。

それとも事件の動機はまったく別のもので、チェイスとルークの関係はパズルの完成に必要ないピースなのか。

「あれです、あの二棟」

つらつら考えていると、工具箱を抱えて隣を歩いていたジョセフが前方を指し示した。

海辺の林に平屋のバンガローが二棟建っている。ホテル同様すっきりした箱形で、いかにも都会のデザイナーが考えたお洒落《しゃれ》な別荘といった雰囲気だ。

しかし近づいてみると、かなり劣化しているのがわかる。外壁の剝げ落ちたペンキを見やり、ジョセフが「ここは海風がきつくて。建てる場所を間違えました」と肩をすくめた。

「ここが俺たちの今夜の宿？」

チェイスがのんびりとバンガローを見上げる。

これから閉じ込められるというのに、ふたりともやけに大人しく従順なのが気になった。再び腰の銃に手をやりながら、「ここで待て」と命じる。

「鍵を開けてください」

ジョセフに声をかけつつ、背後をちらりとうかがう。少し離れた場所で、雪都とアリシアが心配そうに成り行きを見守っていた。

雪都に「大丈夫」と視線で伝える。雪都も「気をつけてくださいね」と目で語りかけてきた。

ふたりにはホテルで待機してもらうつもりだったが、直前でクレイトンは気が変わった。

万が一、アリシアが犯人だったら？

ほとんど可能性はないだろうが、まったくゼロというわけでもない。

新人時代、警察との合同捜査に駆り出された際に、早々に容疑者リストから外れた人物が犯人だったことがある。別人を逮捕し、捜査チームがすっかり油断していたところに第二の事件が起きてしまった痛恨の出来事だ。

事件の関係者は最後の最後まで疑うこと。あのときの教訓は、今も胸に深く刻み込まれている。

雪都はどんなことがあっても守らなければならない。わずかでも雪都が危険な目に遭いそうな可能性があるなら、全力で排除しなくては。

「窓を全部確かめましたが、内側からは開きません。水と食料は充分にあります」

室内を点検し、ジョセフがバンガローから出てくる。先にチェイスを閉じ込めようと、クレイトンは「きみからだ」と言いながら軽く肩を押した。

「ルークと一緒じゃないんだ？」

「当然だろう」

「ここってベッドルームが二部屋あるんだろ？　ひとりで使えるなんて嬉《うれ》しいね」

チェイスが無駄口を叩いてなかなか動こうとしないので、クレイトンは腰の銃に手をやった。

「おっと、怖いな。そんなに急《せ》かさないでくれよ」

おどけたように両手を挙げ、チェイスが雪都に聞こえるように声を張り上げる。

「雪都！　せっかくの休暇を邪魔して悪かったな！　彼氏とふたりきりでやりまくるつもりだったんだろ？　それとも、事件のせいでかえって燃え上がってやりまくった？」

「――黙れ」

感情を抑えて仕事に徹していたのに、チェイスが雪都に下品な言葉を投げつけたとたん、これまで抑え続けてきた怒りが塊になってこみ上げてきた。

これ以上雪都への侮辱を許すわけにはいかない。チェイスの首を鷲摑《わしづか》みにし、背中に銃口を突きつける。

ふいにチェイスが、高らかな笑い声を上げた。

それが合図だったかのように、突然ルークが林に向かって走り出す。

「止まれ！　撃つぞ！」

とっさにクレイトンは銃をルークに向けてしまい――しまったと思ったときは、もう遅かった。

「残念だったね、捜査官さん」

銃を構えていた腕をチェイスに摑まれ、クレイトンは己の失態に歯嚙みした。

捜査は基本的にふたりひと組なので、こんな場合ルークは相棒が即座に撃ってくれる。日頃のクレイトンなら周囲で何が起きようとチェイスから銃口をそらさないのだが、この場で銃を持っているのは自分だけなのでつい反応してしまった。

「雪都！　ジョセフとアリシアと一緒にホテルに戻るんだ！　早く！」

青ざめて立ち尽くしている雪都に向かって叫ぶ。

しかし恐れていたことが現実になってしまった。林から駆け戻ってきたルークが、背後から雪都を羽交い締めにして捕らえたのだ。

しかもその手には、どこに隠し持っていたのか小型の銃が握られており――。

「……っ！」

心臓を撃ち抜かれたような衝撃が走る。

仕事中には感じたことのない激しい痛みに、クレイトンは息を喘《あえ》がせた。

「大事な恋人を傷つけられたくなければ、俺の言う通りにするんだ」

先ほどまでとは打って変わって、チェイスの声は氷のように冷たかった。

「……わかった」

掠《かす》れた声で答えると、チェイスがクレイトンの手から銃を奪い取る。

クレイトンが両手を挙げると、ルークが雪都を捕らえたままこちらへ向かって歩いてきた。

雪都の唇が「ごめんなさい」と声に出さずにくり返していることに気づき、クレイトンは血がにじむほど強く唇を噛んだ。

（なんてこった……雪都を危険に晒《さら》してしまうなんて）

もしも雪都に何かあったら、自分を一生許せない。

最悪のケースが頭をよぎりそうになり、クレイトンは必死で頭を回転させた。

エイダンとコナーを殺したのはチェイスだ。

ルークはそのことを知っていて、彼を庇おうとしていた。

いつふたりで示し合わせたのかは謎だが、これ以上しらばっくれるのは無理だと判断して、逃亡することにしたのだろう。そのためにクレイトンと雪都、ジョセフ、アリシアを閉じ込めて時間稼ぎをするつもりだ。

「さあ、みんなバンガローに入るんだ」

思った通り、チェイスはクレイトンたちに銃を向けてそう命令した。

殺すつもりならとっくに撃っている。撃ってこないということは、今のところ殺す意思がないということだ。

(バンガローに火をつけられる可能性もあるが、脱出の機会と時間はある)

何があっても雪都は守る。そう自分に言い聞かせ、クレイトンは雪都に視線を向けた。

「ジョセフ、アリシア、彼の言う通りにしてください」

棒立ちになっている夫妻に声をかけると、ジョセフが慌ててアリシアの手を握ってバンガローへ駆け込んだ。

続いてルークが雪都をバンガローの入り口まで連れていき、中に入るように促す。

雪都が無事にバンガローの中に入ったことを確認し、クレイトンは両手を挙げたまままちらりとチェイスを見やった。

「きみが犯人か」

「知らないほうがいいんじゃないかな。そのうち送迎船が来てきみたちは助かる。その頃には俺とルークは行方不明。エイダンとコナーの痛ましい事故の真相は永遠の謎ってことで」

チェイスの言葉を鵜呑《うの》みにする気はないが、とりあえずすぐに火をつける気はなさそうだ。

「それは結構なことだが、どうやって島から逃げるつもりだ？　緊急用のボートを沖に流したのもきみたちの仕業だろう」

「ご心配なく。嵐も過ぎ去ったし、今日は通常通りチェックアウトの時間に送迎船が来るはずだ。船が来たら、まず俺たちを本土に運んでもらう。急病だと言って苦しそうなふりをすれば、あのご老人はころっと騙《だま》されるさ」

「なるほど」

「おしゃべりはこれくらいにして、バンガローに入るんだ」

クレイトンがバンガローに入ると、チェイスが外からドアを勢いよく閉めた。

「無駄な抵抗はするなよ」

工具箱から金槌《かなづち》と釘を取り出す音がする。ドアが釘付けされる音を聞きながら、クレイトンは雪都に駆け寄った。

「雪都……！」

大事な恋人を強く抱き締める。

雪都の体が小刻みに震えているのがわかって、クレイトンは胸が塞がれる思いがした。

「すまない。怖かっただろう」

「いえ、僕のほうこそ、足手まといになっちゃって……っ」

「そんなことはない。俺の判断ミスだ。きみとアリシアはホテルに残しておくべきだった」

「ねえ、私たちこれからどうなるの？　どうしたらいいの？」

アリシアの不安そうな声に、クレイトンは雪都を抱き締めたまま振り返った。

「ここにいればひとまず安全でしょう。チェイスは逃亡の時間稼ぎをしているだけで、我々を殺す気はない」

もしかしたらルークを始末するかもしれないが、それについては黙っておく。

「まさかこんなことになるなんて……。これまでにも宿泊客には何度も困らされたり腹立たしい思いをさせられたりしましたけど、これほどひどい目に遭ったのは初めてですよ」

ジョセフがリビングルームのソファに倒れ込むように座り、ため息をつく。

アリシアが夫の隣に掛け、肩に手をまわして抱き締めた。

「さっきクレイトンは私と雪都をホテルに残しておくべきだったって言ったけど、離ればなれになってたらすごく心配だったし、これでよかったんじゃないかしら」

「そうだな。きみたちがチェイスに何かされるんじゃないかって気が気じゃなかったと思うし」

「最悪の事態だけど、お互い大事な人と一緒にいられた。チェイスたちの気が変わってバンガローを燃やしに来たとしても、あなたと一緒ならなんとか耐えられるわ」

死を覚悟しているような言い方に、クレイトンは雪都と顔を見合わせて眉根を寄せた。

「火事になったら、それはそれで逃げるチャンスです。最後まで諦めないでください」

「……そうね……ええ、努力するわ」

アリシアがひどく憔悴《しょうすい》していることに気づき、クレイトンはこれ以上発破をかけるのはやめにした。

エイダンの転落死から、アリシアもジョセフも極度の緊張を強いられている。ホテルのオーナーとして責任も感じていただろうし、無事に解決したとしても、殺人事件が起きたホテルの今後のことを考えると気が滅入《めい》るのも仕方がない。

「アリシア、少し横になって休んでください。何かあったらすぐに起こしますから」

クレイトンの腕から逃れ、雪都がアリシアに語りかける。

「だけど……」

雪都を見上げ、アリシアがためらうように瞬《まばた》きをくり返した。

「エイダンが亡くなってから、ずっと気が休まらなかったでしょう？　休めるときに休んでおいたほうがいいです」

雪都の穏やかな声と口調に、クレイトンは内心感心しつつ聞き入った。

アストンでの事件の際、雪都には人を癒す力が備わっていることに気づいたのだが、その能力に更に磨きがかかっているような気がする。

雪都の癒し効果はアリシアの心にも届いたようで、不安と緊張で強張っていた表情がふっと緩むのがわかった。

「そうね……そうさせてもらうわ。今は何も考えられないし」

アリシアがよろよろと立ち上がり、夫に支えられながらベッドルームへ向かう。

その後ろ姿を見送ってから、クレイトンは雪都の顔を覗き込んだ。

「すごいな。催眠術みたいだ」

「人聞きの悪いこと言わないでください」

「いやほんとに。きみが声をかけたとたん、アリシアの緊張がとけたのがわかったよ」

「だといいんですけど……」

ベッドルームのドアを見やり、雪都が心配そうに呟《つぶや》く。自分がどれほどアリシアの心を解きほぐしたのか、本人にはわかっていないようだ。

「きみは大丈夫？　さっきのことだけじゃなく、ずっと緊張が続いているだろう」

「ええ……多分僕も結構参ってると思います。けど、不思議と悲観的な気分にはなってないんです。あなたと一緒なら、この難局も乗り越えられるだろうって」

「信頼してくれて嬉しいよ」

久しぶりに心から笑みを浮かべることができて、クレイトンは雪都を抱き締めた。

危機的状況に追い込まれたとき、必要なのは冷静さと前向きな気持ちだ。

雪都はアリシアのように悲観していない。ここを抜け出し、無事に帰ることができると信じている。

日頃は仕事に徹して感情を殺すことに慣れているクレイトンも、雪都の信頼だけは裏切りたくないと強く願い、それが自分の心身に力を与えてくれているのをひしひしと感じた。

「……アストンの事件を思い出すと、今でも恐怖で体が凍りつくんです。けど、あなたのおかげで生き延びることができた。今はあのときより落ち着いていて、だからこそアリシアを気遣う余裕もあって……ええと、うまく言えないんですけど、誰かを気遣う余裕があることに、自分自身も励まされている気がします」

雪都の訥々《とつとつ》とした言葉に、じんわりと胸が熱くなる。

繊細で傷つきやすい花のように見えるが、雪都は芯の強さを秘めている。マッチョな筋肉や蛮勇のようなわかりやすい強さではなく、雪都ならではの優しく穏やかな、そしてしなやかな強さだ。

「俺もきみの存在に日々癒されているよ。家には持ち込まないようにしているが、俺も仕事で苛立《いらだ》ったり気が滅入ったりすることがある。そういうとき、きみと話をすると……それが事件に全然関係ない話でも、すごく気持ちが安らぐんだ」

口にしてから、自分のネガティブな部分をさらしてしまったことを少し後悔する。

クレイトンの言葉に、雪都が面食らったように目をぱちくりさせた。

「あなたは感情をコントロールするのがうまいんだと思ってました。一度も苛立ったり落ち込んだりした様子を見せませんし」

「きみの前で見せないだけだ」

「そんな、遠慮しないでください」

そう言われても、雪都には容疑者の取り調べ中に声を荒らげたり机を叩いたりするところは見せたくない。取り調べの場合は〝悪い警官〟の役割を演じているところもあるが、捜査の手法を巡って同僚と口論したり、犯人を取り逃がした悔しさをロッカールームの扉にぶつけて凹《へこ》ませたり、ときおり顔を覗かせる気性の激しさはとても雪都には見せられない。

（雪都と暮らすようになってから、これでもだいぶ丸くなったんだが）

シカゴ勤務時代は、仕事を引きずってプライベートでも殺伐とした気持ちで過ごすことが多かった。DCに来てから、仕事は仕事と割り切って気持ちを切り替えることができるようになったと思う。

最初は、雪都の前で不機嫌なところを見せたくないというプライド故だった。それが次第に、雪都の顔を見てやわらかな声を聞いているうちに、自然と自分の中のとげとげした感情が消えていることに気づき……。

「いいのか？　俺はきみが思ってるほど紳士じゃないかもしれないぞ」

冗談めかしつつ、ちょっぴり本音を織り交ぜる。

「さっきも冷静でいようと思ってたのに、チェイスがきみに下品なことを言いやがったとたん、ぶち切れちまったし」

「あれは僕も殴りたくなったのでOKです」

思いがけない言葉に、クレイトンは目を瞬《しばたた》かせた。

雪都が、少々ばつが悪そうに目をそらす。

「まあ実際には殴りませんけど、心の中で。僕だって、あなたが思ってるほどいい子じゃない部分もあるんです」

その言葉に、クレイトンは背筋がぞくぞくするのを感じた。

雪都のいい子じゃない部分について、じっくり話を聞かせてもらわなくては。

「本当に？　それはぜひ知りたいな」

にこやかな笑みを浮かべながらどうやって聞き出そうか考えを巡らせていると、ベッドルームのドアが静かに開いてジョセフが出てきた。

「アリシアはベッドに入ったとたん眠りに落ちました。この二日間、ほとんど眠れてなかったみたいで」

急いで捜査官の顔に戻り、クレイトンは雪都の体にまわした手をほどいた。

「そうでしょうね。さて、我々はここを脱出する方法を考えましょう」

「いざとなれば家具でドアを叩き壊すって手もありますが……彼らに気づかれずに抜け出したほうがいいんですよね？」

「ええ、なるべく音を立てない方法で」

しばらく天井を見上げて考え込んでいたジョセフが、ふいに「ああ」と声を上げる。

「ちょっと時間はかかるかもしれませんが」

「構いません」

「ではこちらへ」

ジョセフがバンガローの裏手に位置するキッチンへ向かう。ホテルの客室と違い、バンガローは自炊ができるようガスコンロや冷蔵庫などが備え付けられていた。

「去年の夏、大学生のグループが酔って大騒ぎして壁の一部を壊したんです。補修した場所を隠すために食器棚を移動させて……」

食器棚の前に立ち、ジョセフが肩をすくめる。

「経費節減のため私が自己流で修理したので、プロの仕事より穴を開けやすいのではないかと」

「まずは食器棚を動かしましょうか」

ジョセフが言い終わらないうちに、クレイトンは食器棚から取り出した皿をテーブルの上に並べていった。

◇◇◇

「なんの音？　いったい何をしているの？」

――一時間後。キッチンにあった調理器具で壁に穴を開けるべく悪戦苦闘していると、アリシアが眠たげな目を擦《こす》りながらベッドルームから出てきた。

「壁を壊してるんだ。なるべく音を立てないようにしてたんだが、うるさかった？」

フライパンで壁を叩いていたジョセフが振り返り、妻を気遣うように語りかける。

「いいえ、いいの。それよりどういうこと？　ここからこっそり脱《ぬ》け出すの？」

「そのつもりです」

ナイフを手にしたクレイトンが答えると、アリシアが顔をしかめた。

「ちょっと待って。警察が来るまでここから出たくないわ。あのふたりにはもうかかわりたくない。正直言って、ふたりともさっさと島から逃亡してくれたらそれでいいし」

「あなたがたはここに留まっていて構いません。私は捜査官なので、みすみす彼らを逃がすわけにはいかないんです。それに、逃亡前に証拠隠滅しようとホテルに火をつける可能性もある」

「……っ」

地下の冷凍室にある遺体のことを思い出したらしく、アリシアがぶるっと肩を震わせる。

倒れ込むようにソファに座った彼女に、雪都は「コーヒーでも淹《い》れましょうか？」と尋ねた。

「いえ、いいわ。ありがとう」

雪都の顔を見上げ、アリシアが小さく微笑《ほほえ》む。先ほどより格段に顔色がよくなっており、横になって休んだのは正解だったようだ。

キッチン鋏《ばさみ》を手に壁に穴を開ける作業に戻ると、大きなため息が聞こえてきた。

「さっきまで何も考えられなかったけど、休んだらちょっと頭がまわり始めたわ。これからいったいどうすればいいの？　殺人事件の起きたホテルなんて、お客さんに敬遠されるに決まってる」

クレイトンが、アリシアのほうにちらっと視線を向けた。

「そうとは限りませんよ。世の中には事件のあった物件に泊まりたがる物好きな人たちが結構いるんです。シカゴにいたとき、地元のホテルでかなり凄惨な事件があったんですが、事件が話題になって全米各地から泊まりに来る客が増えたそうです」

「殺人事件マニアとか、オカルトマニアみたいな人たち？」

「まあ、ちょっと変わった人たちと言っていいでしょうね」

クレイトンの控えめな言い方に、雪都は唇を引き結んでこの場にふさわしくない笑いを噛み殺した。

以前クレイトンから、〝ちょっと変わった人たち〟について聞いたことがある。数人のグループでやってきて殺人事件を再現したり、被害者の霊に話を聞くために降霊会を開いたり、未解決事件を自分たちの手で解決しようと証拠探しに血眼になったり……。

事件のあったホテルにとってはありがたいような迷惑なような話だが、お金を落としてくれる客であることにかわりはない。中にはビジネスと割り切って、事件があったことを売りにしている宿泊施設もあるという。

「ものは考えようだな。〝嵐の孤島〟で殺人事件が起きたといえば、推理小説ファンが来てくれそうだ」

ジョセフの呟きに、アリシアが怪訝そうに眉根を寄せる。

「ここは孤島ってほどじゃないでしょう?」

「〝嵐の孤島〟とか〝吹雪の山荘〟ってのは推理小説独特の言いまわしなんだよ。交通や連絡が遮断されて周囲から孤立した状況で起きる殺人事件を描いたものをそう呼ぶんだ。クローズド・サークルといって、一種の密室ものだね」

「ああ……前にあなたが勧めてくれたアガサ・クリスティの『そして誰もいなくなった』みた

いなお話？　そういえばあれはすごく面白かったわ」

「だろう？　他にもお勧めがあるよ」

「やめて。当分読む気になれそうにない」

　アリシアが苦笑し、年上の夫をしみじみと見つめる。

「けど、あなたのそういうところが好きよ。私は物事を悪いほうへ悪いほうへ考えて悲観的になる癖があるけど、あなたは楽観的っていうか、どんな状況でもあまり深刻になりすぎないから」

「深刻に考えるタイプだったら、こんな辺鄙《へんぴ》な島でリゾートホテルを経営しようなんて思わないさ」

「それもそうね。あなたと一緒なら、殺人事件のあったホテルでもなんとかやっていけそう」

「そうしてくれ。私もここを閉める気はないから」

　ふたりの会話から夫妻が深く愛し合っていることが伝わってきて、雪都は胸が温かくなるのを感じた。

（僕とクレイトンも、こんなふうに歳《とし》を重ねていけたらいいな）

　十年後、二十年後に思いを巡らせていると、ふいに遠くで何かが破裂するような乾いた音が鳴り響いた。

（――銃声⁉）

驚いて、雪都はクレイトンの顔を見上げた。

クレイトンも動きを止め、強張った表情で耳を澄ましている。

「今の……まさか銃声？」

アリシアの質問に、クレイトンが「おそらく」と頷く。

「皆さんはここにいてください。クローゼットかベッドの下などに隠れて」

クレイトンがシチュー鍋を壁に強く打ち付ける。チェイスたちに気づかれないよう、なるべく音を立てないように作業していたのだが、もうそんなことは言っていられない。

ようやく壁の一部が崩れ、クレイトンが鍋を置いて足で一気に蹴破る。大きな音を立てて壁が崩れ、人がひとり通り抜けられるほどの穴ができた。

クレイトンに続いて壁の穴をくぐろうとすると、振り返ったクレイトンがぎょっとしたように目を見開く。

「雪都！　きみはここで待ってるんだ！」

「いえ、邪魔にならないようにしますから、僕も連れてってください！」

クレイトンの腕を摑んで、雪都は必死で訴えた。

ここでただ待っているだけなんてできない。民間人の自分が捜査官であるクレイトンの心配をするのはおかしいかもしれないが、自分は彼のパートナーなのだ。

「相手は銃を持ってるんだぞ」

「僕が応急処置の講習を受けたの知ってますよね？」

青灰色の瞳を見上げ、懇願する。

おそらく撃たれたのはルークだ。まだ生きているのであれば、彼を救いたいという気持ちもあった。

しばし逡《しゅん》巡《じゅん》し、クレイトンが渋々といった様子で口を開く。

「わかった。けど、外に出たら俺の言うことに従ってくれ」

「もちろんです。無茶はしないと約束します」

力強く頷き、雪都は壁の穴をくぐり抜けた。


抜けるような青空の下、足音を立てないようにしてクレイトンの背中を追いかける。

銃声は一回きりだったが、雪都は最悪の結末を予感せずにいられなかった。

（ルーク……どうか無事でいますように）

銃を突きつけられて人質にされたばかりだが、不思議と彼を憎む気持ちにはなれなかった。

羽交い締めにされた際も雪都が痛くないように手加減していた気がするし、バンガローの入り口で中に入るよう背中を押す手も優しかった。

もちろん銃を突きつけられて怖い思いはしたが、ルークに雪都を撃つ気はなかったように思いか……。

う。これはあくまでも自分の印象だが、ルークはチェイスに協力するふりをしていたのではな

『そうだとしても、油断は禁物だ』

先ほど壁に穴を開ける作業をしつつクレイトンにその話をしたが、クレイトンの反応は素っ気なかった。

クレイトンはプロの捜査官だから、いちいち感情に流されたりしない。

そしてクレイトンの言う通り、油断はくれぐれも禁物だ。ルークが冷血な殺人者だという可能性もゼロではないし、結局のところ、他人の心の内をすべて把握することなど不可能なのだから。

クレイトンの言うこともよくわかるのだが、この件に関しては雪都はクレイトンほど冷静かつ客観的にはなれそうになかった。

(でもそれでいいんだ。僕は捜査官じゃないし、人の心に寄り添う仕事をしたいと思ってる)

今の自分にはルークの無事を祈るくらいしかできないが、もしも彼が無事でいたら、あのときの話の続きを——友人の同性カップルの片方が関係を隠したがっていて……というあの話の続きを聞いてみたい。

「——雪都」

ホテルの建物が見えてきたところで、クレイトンが声を潜めて腕を摑んでくる。

低木の茂みに身を隠すようにして様子をうかがうが、しんと静まり返って人の気配がしなかった。

「船着き場に降りてみよう」

「はい」

小声で言葉をかわし、素早く階段のほうへ移動する。ナイフを構えたクレイトンの背後に隠れるようにして、雪都は一段一段慎重に階段を下りていった。

海はすっかり凪いで、日差しを浴びてきらきらと輝いている。

穏やかな風景を眺めていると、この三日間の出来事がすべて夢だったような……ただ悪い夢を見ていただけのような気がしてきた。

（そうだったら、どんなによかったか）

先に船着き場に降りたクレイトンに「ここで待つように」と告げられ、立ち止まる。船着き場の先、岩場にたたずむ人影に気づき、ぎょっとして雪都はクレイトンのシャツの裾を摑んだ。

「クレイトン……っ」

「大丈夫だ。階段の下に隠れて」

ごくりと唾を飲み込み、言われた通り階段の下に身を潜める。

（チェイス？　それともルーク？）

逆光でよく見えないが、ほっそりした後ろ姿はルークのように見えた。

だとしたら、チェイスはいったいどこにいるのだろう。

ナイフを構え、クレイトンがじりじりと岩場の人物に近づいていく。

ひどく現実味のない光景だった。空は青く晴れ渡り、波は軽やかな音を立てている。悪いことなど何も起きていないように見えるが、この晴れやかな空の下で何かが起きてしまったことは確かなのだ――。

完璧な風景画を乱すように強い風が駆け抜け、岩場のシルエットの人物が髪をかき上げながらこちらに顔を向ける。

（ルーク……）

彼が無事だったことに安堵《あんど》し、雪都はうずくまったまま吐息を漏らした。

けれどほっとしたのも束《つか》の間、先ほどの銃声はなんだったのか、悪い予感があれこれ湧き上がってくる。

「両手を挙げて、膝をつけ」

ルークに駆け寄りながら、クレイトンが命じる。

素直に両手を挙げたルークが「銃は持ってない。全部終わった」と叫ぶのが聞こえた。

「何があった？　チェイスはどこだ？」

「説明するから、ちょっと手を下げていいかな。なんかすごく疲れちゃって」

クレイトンは何も言わなかったが、ルークはゆっくりと両手を下ろしてため息をついた。

「チェイスはどこだ」

クレイトンが硬い声で質問をくり返す。

ぐるりと周囲を見まわしたルークが、唇の端に笑みを浮かべた。

「雪都、そこにいるんだろう？　大丈夫だから出ておいで」

「だめだ、来るな！」

「何もしないよ。さっきのこと、謝りたくて。それに、何があったか雪都にも聞いて欲しいんだ」

ルークが再び手を挙げ、クレイトンに訴える。

「話なら俺が聞く」

「僕は雪都に聞いて欲しいんだ」

ルークの声に切実な響きを感じて、雪都は階段の陰から立ち上がった。

クレイトンが何か言いかけるが、ルークの様子を見て何か思うところがあったらしく、言いかけた言葉を引っ込める。

クレイトンと目を見交わし、雪都は意を決して足を踏み出した。

ルークがこちらをじっと見つめている。いつも堂々と自信にあふれているように見えていたが、今は途方に暮れた子供のようでもあり、何もかも諦めて人生の終わりを待っている老人のようでもあった。

「さっきは手荒な真似《まね》をしてごめんね」

どことなく寂しげな笑みを浮かべ、ルークが語りかけてくる。

ルークから数メートル離れた場所で立ち止まり、雪都も小さく微笑んだ。

「ええ……バンガローに入るように僕の背中を押したとき、あなたが心の中で謝る声が聞こえた気がしました」

「きみなら気づいてくれると思ったよ」

なぜチェイスに協力しているふりをしたのか訊きたかったが、捜査官ではない自分が迂闊《うかつ》に誘導するわけにはいかない。少し考えてから、雪都はクレイトンと同じ質問を口にした。

「チェイスはどこですか？」

ルークが黙って海を指さす。

クレイトンの表情に緊張が漲り、「雪都、きみはここで待ってて」と言ってルークの両腕を背後でひとまとめに摑んだ。

おそらくチェイスは息絶えている。海面を見下ろしたクレイトンの表情から、悪い予感が的中していることが伝わってきた。

「僕が撃った」

ルークの掠れた声が、さわやかな海風とともに耳に届く。

予想はしていたが、いざ彼の口から告げられると、チェイスの死が——そしてルークが彼を殺したという事実が、重苦しく心にのしかかってきた。

「銃はどうした？」

「海に捨てた」

「なぜ撃った？」

「なぜって……もう全部終わりにしたかったからだよ」

疲れたようにそう言って、ルークは「これで終わった。全部終わったんだ」とくり返した。

「エイダンとコナーの件も、最後に残った僕が犯人ってことになるね」

「いや、エイダンとコナーを殺したのはきみじゃない。何があったか話してくれ」

クレイトンが促すが、ルークは放心したように立ち尽くすばかりだった。

こういう場合、彼が自分から話してくれるのを待ったほうがいいのだろう。けれどルークの茫洋とした表情を見ていると、なんだか永遠に黙り込んでしまいそうで心配になってくる。

彼の意識を引き寄せようと、雪都はそっとルークに語りかけた。

「ルーク……お願いです。何があったのか話してください」

雪都の言葉に、ルークが我に返ったようにこちらを見やる。

何度か瞬きをしたあと、ルークはため息交じりに空を見上げた。

「ちょっと長くなるけど、いいかな？」

「もちろん」

危険はないと判断したのだろう。クレイトンが拘束していた腕を緩めると、ルークはその場にくずおれるようにしゃがみ込んだ。

「――そもそもの発端は、十年前の夏なんだ」

大きな岩の上に座り直し、ルークがぽつぽつと語り始める。

「十年前、僕たちはニューヨークの大学に通う学生だった。僕とチェイス、エイダン、コナー、もうひとりドリューっていう奴と五人、仲のいい遊び仲間だった。僕以外はみんな寮で出会って、僕は同じ講義に出ていたチェイスと仲良くなって、彼らともつるむようになって」

足元の石をじっと見つめ、ルークはしばし言い淀《よど》んだ。

「……入学して三年目の夏、五人で湖畔の貸別荘で過ごすことにしたんだ。リゾート地だったから他にもたくさん学生のグループが来てて、毎晩どこかでパーティして……ほんと馬鹿みたいだけど、一晩中騒いで朝になったらぐったり、夕方までベッドでだらだら過ごして夜になったらまたパーティ、当時はそれが青春だと思ってたし、楽しまなきゃ損だと思ってた」

ルークがちらりとこちらを見て、「きみは軽蔑するだろうけど」と呟く。

「パーティってのは結局のところ酒、ドラッグ、セックスで、僕たちは毎晩違う女の子を連れ込んでやりたい放題だった。人には言えないような破廉恥なこともたくさんやったよ。やってる最中は酒やドラッグで高揚してるから最高に楽しい気がするんだけど、夕方目が覚めるたびに最低最悪の気分で……いや、まあそんなことはどうでもいいか」

ルークの意外な過去に、雪都は少なからずショックを受けていた。けれどそれを顔に出さないように努力し、黙って彼の話に耳を傾けることにする。

「別荘での最後の夜、いつものように町で声をかけた女子大生たちと楽しんだ。僕とチェイスはふたり組で来てた女子大生と、チェイスがＶＩＰルームって名付けた主寝室で四人で一緒に……いわゆる乱交だね」

刺激的な単語に、思わず雪都は頬が熱くなるのを感じた。

無表情を貫いていたクレイトンも、苦虫を噛み潰したような顔になっている。

「いつのまにか寝入ってたんだけど、誰かの叫び声で目が覚めた。びっくりして起き上がったら、横で寝ていた女子大生のひとりが痙攣《けいれん》を起こしてたんだ。こう、かっと目を見開いて、苦しそうに呻《うめ》いていて……」

「オーバードーズか」

クレイトンの呟きに、ルークがこくりと頷く。

「慌ててチェイスを起こして、ふたりでなんとか助けようとした。でも応急処置の知識なんてないし、もうひとりの女の子がパニックになって金切り声を上げるし、一刻も早く救急車を呼ぶべきだったんだろうけど、ドラッグをやってたのがばれるのが怖くて……」

ルークが両手で前髪をかき上げ、苦しげに息を吐く。

「……しばらくして彼女は動かなくなった。脈を確かめるまでもなく、死んだとわかった。僕もチェイスもただ茫然とするばかり、連れの女の子も叫び疲れたのかぐったりしてて……この辺の記憶は曖昧なんだけど、気がついたら部屋にエイダンとコナー、ドリューがいて、チェイスと何か話してた。コナーが『なんてことしてくれたんだよ！』ってすごく怒ってて……ぼんやりしながら彼らの言い合いを聞いてるうちに、ふたり組の女子大生が実は地元の高校生だったってことを知って……」

ルークの言葉に、雪都ははっとした。ここに来た日の夜に見たテレビのニュースが脳裏によみがえり、思わずクレイトンに視線を向ける。

クレイトンも同じことを感じたらしく、雪都の目を見て小さく頷いた。

「未成年とドラッグを使った乱交をした上に死なせてしまった。一気に酔いが醒《さ》めたよ。取り返しのつかないことをしてしまったって。ほんと最低なんだけど、亡くなった彼女の死を悼む気持ちなんか全然なくて、自分のことが心配でたまらなかった。いったいどういう罪に問われるのか、殺人ではないけど過失致死になるのか、そして何より、未成年とセックスしたことを親や友人たちに知られるのが死ぬほど怖かった」

唇を引き結び、ルークがしばし黙り込む。

「……僕は子供の頃からずっと優等生だったんだ。マンハッタンのど真ん中で生まれ育ったのに、酒やドラッグとは無縁の品行方正な高校生活を送って……大学に入ってからも、地味で目立たない真面目な学生だった。ある日同じ授業に出てるチェイスに声をかけられて……今でもよく覚えてるよ。寮のパーティに来ないかって誘われたんだ。彼が僕の名前を知ってたことも、パーティに誘ってくれたこともすごく嬉しくて……。チェイスは入学当初からすごく目立ってて、ほら、大学でのスターみたいな存在っているだろう？　チェイスがまさにそうだった。かっこよくてリーダーシップがあって、女の子たちの憧れの的だった」

ルークが顔を上げ、小さく笑みを浮かべた。

「多分雪都は気づいてるよね。僕がチェイスに惹《ひ》かれてたってこと」

「……ええ」

「高校生のときに、自分が同性にも惹かれる性質だって気づいたんだ。女性ともつき合えるけど、本当に好きなのは男性で……だからバイセクシャルっていうより隠れゲイかな。周囲に気づかれないように必死で隠してたし。……ああごめん、話が脱線しちゃったね」

岩の上に座り直して、ルークが続ける。

「とにかく、チェイスはすっかり酔いが醒めていつものリーダーシップを発揮したんだ。これは事故だ、女子大生だと嘘をついてパーティに参加したほうが悪い、自分たちに非はないけど、世間に知られたらこっちが悪いことになってしまう……こうやって並べてみるとびっくりするほど自己中な考え方だけど、僕たちみんな自分の身を守ろうと必死で、チェイスの言う通りだと思ってしまって」

再びルークが黙り込む。しばらく待っても口を開こうとしないので、クレイトンが「それで？」と軽く促した。

「それで……遺体を森に埋めようってことになったんだ。あの夜別荘のパーティに来てた連中はみんなラリってて、誰がいたかなんて覚えてない。亡くなった子も連れの子も毎晩遊び歩いてるようなタイプで、家出したって誰も不思議に思わないだろうって」

「もうひとりは生きてたんだよな？」

クレイトンの質問に、ルークが俯いた。

「……うん、生きてた。ぐったりしてたけど、チェイスが遺体を埋めようって話してるのを聞いて、急に飛び起きたんだ。あんたたちがケルシーを死なせた、警察に行って全部話してやるって喚《わめ》きだして、それでチェイスが……」

「チェイスが何をしたんだ」

ルークの顔はすっかり青ざめていた。口を開きかけて固まってしまったので、クレイトンと視線をかわしてから「大丈夫？」と声をかける。

「……ああ、大丈夫。ありがとう」

弱々しい笑みを浮かべてこちらを見やり、ルークが肩で大きく息をした。

「彼女を床に押し倒して馬乗りになって、そばにあったクッションを顔に押しつけた。あっというまの出来事だった。みんな茫然とするばかりで、誰も止めようとしなかった」

チェイスがふたりめの女子高生——確かマーゴという名前だった——を手にかけたと知って、

雪都の喉からひっと小さな悲鳴が漏れる。ルークの話から嫌な予感はしていたが、こうしてはっきり告げられると、思っていた以上に衝撃が大きかった。

「彼女はすぐに動かなくなった。チェイスはすごく冷静で、『黙らせるためには仕方なかった』って言って、エイダンやコナーに手伝わせてふたりの遺体をブランケットでくるんで車に運んで……」

「きみも一緒に行ったのか？」

ルークが力なく首を横に振る。

「僕は腰が抜けたみたいに体が動かなくて……。ドリューもだ。ドリューは僕たち五人の中でいちばん気が小さくてくよくよと思い悩む質《たち》だった。僕は酒や薬の影響が残ってて使い物にならない感じだったけど、ドリューはあのときほとんど素面《しらふ》だったから、チェイスが人を殺したことにかなりショックを受けてたみたいで……そりゃそうだよね。目の前で友達が人を殺したんだから、それが当然の反応だ」

乾いてきた唇を舐《な》めて、ルークが続ける。

「酒や薬のせいにするわけじゃないけど、僕は今でもあのときのことが現実とは思えないんだ。悪い夢を見ていたような、深夜放送で出来の悪いサスペンス映画を観てたような感じで。チェイスのことが好きだったから、彼のやったことから目を背けたいという気持ちもあったんだと思う」

「しかし現実だった。彼女たちを埋めた場所について、チェイスから何か聞きましたか？」

クレイトンに問われ、ルークが首を横に振る。

「早朝にチェイスとエイダンとコナーが泥だらけになって帰ってきたけど、僕もドリューも何も聞かなかったし、チェイスたちも何も言わなかった。ただ、『全部終わった。この話は二度と蒸し返すな。真っ当な人生を送りたかったら一生口を噤《つぐ》んでおけ』とだけ」

ニュースでスターレイク・タウンの事件が報道されたときのことが頭をよぎる。

あのときチェイスは、まったく動じることなく淡々とテレビの画面を眺めていた。

――十年か。家族は複雑だろうな。どこかで生きているかもしれないという希望は断たれたが、真実を知ることもできた。

――十年も経っていると、犯人にたどりつくのは大変だろうな。

チェイスが話していたことを思い出し、背筋がすっと冷たくなる。

良心の呵責《かしゃく》も、自分が捕まるかもしれないという不安や恐怖心もまったく感じさせない態度だった。

おそらくチェイスは、そういった感情が欠落しているタイプの人間だ――。

「……秋になって大学に戻って、僕たちは何ごともなかったかのように振る舞った。多分すごく不自然だったと思うけど、そうするしかなかった。とにかく全部忘れたかったんだ。チェイスやエイダンたちともなんとなく距離を置くようになって……それまでサボってた勉強に打ち込んだり、企業でのインターンシップに励んだり。そうやってようやく自分のペースを取り戻した頃、チェイスが近づいてきた」

唇を噛んで、ルークが眉根を寄せる。

「ひどく弱った様子で、あれから眠れないんだって言って甘えてきて……。自分でもほんと馬鹿だと思うよ。チェイスは僕の気持ちを知ってて近づいてきたんだ。僕があのことを漏らさないように、僕の恋愛感情を利用して支配下に置こうとね。薄々気づいてたのに、肉体関係を持ちかけられて拒めなかった。ほんと馬鹿だよね」

「自分を責めないでください、あなたの弱みにつけ込んだチェイスが悪いんです」

思わず雪都は口を挟んでしまった。

言ってから、余計なお節介だったと後悔する。ルークだってそのことは重々承知だろうし、今更言ってもどうしようもないことなのに。

ルークがこちらに向き直り、柔らかな笑みを浮かべた。

「ありがと。そうだよね、チェイスが悪い。でも僕も愚かだった」

視線を海に向け、ルークが「この結末を見ればわかることだけど」と付け加える。

「僕とチェイスは恋人同士というわけではなかった。いわゆるセックスフレンドだね。チェイスは僕に隠してたけど、他の女性ともつき合ってたし。何度も関係を断とうとしたけど、できなかった。僕にとってチェイスは本当に魅力的な男で……実を言うと、初めて会ったときはちょっと引いたんだけどね。田舎からやってきた野心ギラギラの垢抜《あかぬ》けない男で、マンハッタンでは見たことのないタイプだったから。けど、そういうところにも惹かれたんだと思う。狡猾で自己中心的で良心の欠片《かけら》もないところも含めて好きだったんだ」

　恋愛というのは厄介で、悪い人間だとわかっていてもどうしようもなく惹かれてしまうこともある。幸いなことに雪都が恋に落ちた相手は善良な人間だったが、もしクレイトンが悪い男だったとしても、十五歳の頃の自分はどうしようもなく彼に惹かれたのではないか……。

　そう考えると、チェイスへの想《おも》いに囚われて道を踏み外してしまったルークを、どうしても責める気にはなれなかった。

「雪都に話したの、覚えてる？〝友達の話だけど〟、同性カップルの片方が関係を隠そうとするから揉めてるって話」

「ええ、覚えてます」

「僕とチェイスのことだったんだけど、まあきみたちは多分気づいてたよね。チェイスと関係を持って二年くらい経った頃、思い切って彼に提案したんだ。セックスだけの関係じゃなく人生のパートナーになれないかなって。チェイスは面食らったみたいだったけど、断ったらまずいと思ったんだろうな。前向きに考えてみるよって優しく言ってくれて……」

　ルークが可笑しそうに笑う。

「信じられないことに、僕もそれを信じちゃったんだよね。あの事件のことも、自分の中で〝彼と秘密を共有している〃という美化した思い出にすり替えてさ。ひたすら現実から目を背けて、チェイスとの関係に溺れて……」

「エイダンとコナー、ドリューとは距離を置いてたんですか？」

クレイトンが、やや苛立ったように口を挟む。捜査官としては、恋愛話よりも今回の事件に至った経緯を早く聞きたいのだろう。

「事件のあとしばらく距離を置いてたんだけど、チェイスとつき合うようになって、またつるむようになりました。就職したり進学したり、環境が変わってそれぞれ順調だったせいか、あの事件のことはみんなすっかり忘れたように振る舞って……けど、事件から五年後にドリューが自殺したんです」

「自殺？」

クレイトンが鸚鵡《おうむ》返しに尋ねる。

「ええ、ドリューは念願だったロースクールに進学したんだけど、半年もしないうちに中退しちゃって。その後就職したものの長続きせず、職を転々としてだんだん家に引きこもるようになって、鬱病と診断されて……。家族はロースクールでの挫折が原因だと思ってたようだけど、僕たちはあの事件のせいだと知ってた。ドリューはずっと気に病んでいた。法律家を目指す身なのに、間接的とはいえ殺人事件にかかわってしまったことを。僕には話しやすかったみたいで、一度だけ積もり積もった感情を吐き出したことがあったんです。目の前で行われた殺人について口を閉ざしているのは、人としてどうなのかと。もっと親身になって聞くべきだったけど、僕は『今更蒸し返してもどうにもならないよ。死んだ人は生き返らないし、僕たちにも僕たちの人生があるんだし』って突き放してしまった」

唇を舐めてから、ルークが宙を見上げる。

「……これから話すことは、僕の憶測です。なんの証拠もないし、今となっては真実を確かめることもできない」

「ドリューの自殺についての話か？」

眩《まぶ》しそうに目を細め、ルークがこくりと頷いた。

「チェイスが、ドリューがひどくまいっているようだからみんなで話を聞きに行こうって言い出したんです。けど、チェイスは心配しているふりをしつつ、ドリューが罪悪感からあのことをしゃべってしまうのではと懸念してるのが見え見えだった。一度五人で集まって、じっくり腹を割って話そうってことになったんですけど、皆仕事が忙しくてなかなかスケジュールが合わなくて。一応皆が集まれそうな日をセッティングしたんですが、残業やら急な出張やらで行けなくなって……チェイスが『俺に任しとけ。ドリューとじっくり話し合ってくるよ』って言って、彼だけドリューに会いに行ったんです。その夜、ドリューは毒物を飲んで自殺しました。毒物はドリュー自身が数ヶ月前に闇ルートで購入したもので、家族や恋人も彼に自殺願望があったことを認めた。現場にも不審な点はなくて、ドリューの死は自殺として処理されました」

ドリューの死の経緯に、雪都は背中に寒気が走るのを感じた。

チェイスが会いに行った夜、ドリューが毒物を飲んで自殺——何も事情を知らない第三者から見れば、不幸な偶然、あるいは友人の励ましを負担に感じたゆえの悲劇としか映らないだろう。

「どういう方法かわからないけど、僕はチェイスが手を下したと確信した。ドリューの飲み物に彼が隠し持ってた薬物を入れたか、それとも言葉で脅して毒物を飲むよう指示したか。チェイスが会いに行ったその日にドリューが自殺したことは、偶然ではないと思ってます。けど、証明のしようがない。おそらくエイダンとコナーも、チェイスがかかわっているんじゃないかと疑ってたと思います。けど、何も言わなかった。僕たちにとって、触れてはいけない話題だった」

空を仰ぎ見て、ルークが小さく息を吐く。

「チェイスとコナーはエリート街道まっしぐら、エイダンは自分の店を持つ夢を叶えたばかり、僕も大きな案件を任されるようになって仕事にやり甲斐《がい》を感じてた。みんな、今の暮らしを壊したくなかった。だから口を噤んだんです。ほんと最低ですよね」

「今回の旅行は、どういう経緯で？」

ともすれば感傷的になりがちなルークの話を、クレイトンが淡々と引き戻す。

「ドリューの自殺から五年近く経って、僕たちは事件のこともドリューのことも忘れかけていた。いや、多分みんな忘れてはいなかったけど、固く蓋をして忘れたふりをしてた。そんなある日、エイダンの経営するクラブが密輸で家宅捜索を受けて……エイダンはすっとぼけてましたけど、経営者である彼が知らなかったわけがない。当然警察もそう考えて、従業員の逮捕以降エイダンをマークするようになった。でもエイダンは自分は大丈夫だと妙に自信満々で……僕と一緒に飲んでたとき、俺には取引材料がいろいろあるってぽろっと漏らしたんです」

「司法取引の材料という意味？」

「ええ、そうです。クラブ経営なんかしてるといろいろ耳に入ってくる、薬物の密輸くらいなら、俺が持ってる情報を渡せばチャラにしてもらえるさって。そのとき僕は思ったんです。もしエイダンの持ってる情報程度では司法取引してもらえなかったら？　もっと重大な情報を提供するなら考えてやってもいいと言われたら？　エイダンはとっておきの切り札を持っている。スターレイク・タウンの件、優秀な弁護士にかかればエイダンは免責されて、司法取引に応じてもらえるかもしれない」

ルークがそう考えるのも無理はない。エイダン自身は殺害にかかわっていないし、遺体遺棄に荷担した件も、チェイスに脅されたと主張すれば罪を免れる可能性がある。

ルークが両手で顔を覆い、ため息とも呻き声ともつかない声を上げた。

「……僕は最低だ。スターレイク・タウンの件が明るみに出るのを恐れて、チェイスにそのことを話してしまったんです。チェイスは心配するな、俺に任せておけと言いました。ちょうどその頃コナーの結婚が決まって独身お別れ旅行の話が持ち上がってたので、いい機会だから静かな場所に行って皆であの件についてじっくり話し合おう、と」

ルークの話に、雪都はクレイトンと目を見合わせた。

おそらくチェイスは、最初からエイダンの口を封じるつもりでひとけのない島を選んだのだ――。

「僕は心のどこかで今回の事件を予感してたのかもしれない。でも彼の計画を止めなかった。ほんと馬鹿みたいだけど、チェイスとのつき合いが長くなって、自分は愛されていると錯覚するようになって……。相変わらず僕たちの関係は秘密のままだったけど、チェイスは僕に愛していると何度も囁いてくれて」

ふいにルークの瞳から、ぽろりと涙がこぼれ落ちる。

涙は堰《せき》を切ったように溢《あふ》れ、ルークの頬を濡らした。

「ルーク……」

かけるべき言葉が見つからず、思わず雪都は彼の隣に座って肩を抱き寄せた。

ルークが子供のようにしゃくり上げ、雪都の肩にしがみつく。

今まで誰にも相談できずに溜《た》め込んできたのだろう。抑えつけてきた感情は彼の中で黒々とした大きな塊となり、楽しいときも幸せを感じるときも、常にルークの心に影を落としていたに違いない。

もっと早く、ルークが自分の中の暗い感情と向き合っていれば。

そしてもっと早く、誰かがルークの中の暗い影に気づいていれば。

出会ったばかりの自分が今更悔やんでも仕方のないことだが、雪都はこんな事件に発展するまでルークの心の闇が放置されていたことに苦い感情を覚えた。

どれくらいそうしていたのか、嗚咽していたルークが次第に落ち着きを取り戻し、はあっと大きく息を吐いて顔を上げる。

「……取り乱してごめん。話が途中だったね」

「大丈夫ですか？　少し休みます？」

「いや、いいよ。さっさと全部吐き出してすっきりしたいから」

手の甲で涙を拭い、ルークが弱々しい笑みを浮かべてみせる。

「エイダンとコナーは、今回の旅行に疑いを持っていなかったのか？」

クレイトンの質問に、ルークは少し考えてから頷いた。

「ふたりとも、他のことに気を取られて油断してたんだと思います。エイダンは自分の店のことで頭がいっぱいで、コナーは結婚を前に浮かれていた。ひょっとしたら何か感じていたのかもしれないけれど、自分は大丈夫だと思ってたんじゃないかな。ふたりともチェイスに一目置きつつ、あいつは成り上がりの田舎者だと見下しているようなところもあったから」

四人のいびつな力関係に、雪都はなんとも言えない気持ちになった。端から見たら仲のいい仲間という感じだったが、彼らの関係は友情だけで成り立っていたわけではなかったのだ。

（もしかしたら、エイダンとコナーはチェイスとルークの関係にも気づいてたのかも）

同性愛を見下すような態度は、実はチェイスとルークへの嫌悪感を遠まわしに表現していたのかもしれない。

そして多分、チェイスもふたりから自分がどう思われているのか、重々承知していたのだろう。

「きみたちも知っての通り、僕たちが島に到着したその夜、テレビでスターレイク・タウンで女子高生の白骨死体が発見されたニュースが流れた。全身から血の気が引いたよ。よりによって、この島に着いたとたんに……何か運命みたいなものを感じて、怖くてたまらなかった。チェイスと一緒にいたかったんだけど、彼は僕を突き放すように部屋を別々にしたんだ。個室なら夜中に彼の部屋に行ってふたりきりになれたのに」

「アリシアに聞いたよ、チェックインのとき、チェイスが部屋割りを決めたらしいな」

「ええ、鼾がうるさい同士とか言って。チェイスの鼾なんてたいしたことないし、コナーだって結構うるさいのに。チェイスが敢《あ》えて僕を遠ざけていると感じてショックだった」

「おそらく、まずエイダンを殺そうと考えたんだろうな」

「多分そうでしょうね。どういう方法でやろうとしてたのかわかりませんが、あの晩はたまたますごい嵐になった。いや、チェイスのことだから、嵐が来るのも計算内だったのかも。どうやって誘い出したのかわかりませんが、エイダンをバルコニーから突き落としたのはチェイスです。はっきり認めたわけじゃないけど、彼の態度で間違いないと確信しました」

「コナーもチェイスを疑ってた?」

ルークが深々と頷く。

「事故だと信じたいけど、チェイスが手を下したんじゃないかという疑いを捨て切れなかった……という感じでしょうか。あなたがたもコナーの狼狽ぶりを見たでしょう。チェイスがやったって言いたいけど、言えばどうして殺したのか探られる。そうなると、いろいろ困ったことになる」

「エイダンたちも、スターレイク・タウンの遺体発見のニュースを知ってましたか?」

「はい。バチェラーパーティと称して僕とコナーの部屋に集まったとき、チェイスが開口一番その話をしました。それで、みんなに念を押したんです。『長い間この話題を避けてきたが、いい機会だから再確認しておこう。この秘密は決して口外せず、墓まで持って行く。いいな?』と。エイダンもコナーも、黙って居心地悪そうにしてました。とてもパーティって雰囲気じゃなくなって、早々にお開きになって……あとはご存じの通りです」

「沖に流された緊急用のボートを見に行った際、岩場で会いましたね。あのとき、なぜあそこにいたんですか」

クレイトンの質問に、ルークがうっと言葉を詰まらせたのがわかった。

どうやら話したくないことがあるらしい。しばし視線を泳がせていたが、やがて観念したように口を開く。

「……緊急用のボートが流されたって聞いて、犯人が警察の到着を遅らせるためにやったんじゃないかと思ったんです。事故ってことになってましたけど、鑑識が来ていろいろ調べれば事故じゃなく誰かに突き落とされたとばれるだろうし」

「つまり、チェイスが流したのではないかと？」

「ええ、そうです。あのとき、僕が岩場で靴紐が緩んだって言ってしゃがんだでしょう……」

「何か証拠を見つけたんですね」

ルークが小さく頷く。

「チェイスがよくつけてたペンダントのトップです。あそこに落ちてたからと言ってボートを流した証拠にはならないけど、あのときは隠さなきゃいけないと思ってしまった。黙っててすみません」

言いながら、ルークがジーンズのポケットからシルバーのペンダントトップを取り出した。

クレイトンに手渡されたそれは鷲か鷹《たか》が翼を広げている姿をかたどったもので、雪都もチェイスがそのペンダントを身につけていたのを目にしている。

「コナーの殺害について知ってることを話してください」

「あれは……僕のせいでもあるんです。コナーの態度に不安になって……何もかもぶちまけてしまいそうで怖かった。それでチェイスに言ったんです。僕がコナーによく言い聞かせて、これ以上余計なことを言わないように説得するって。チェイスは『おまえが話したほうがいいだろうな』と同意してくれました。あの捜査官に見つからないように、ひとけのない場所で話したほうがいいと」

「あの夜、船着き場に呼び出したのはあなただったんですか?」

「はい。エイダンの件で話したいことがあると言って、散歩に誘ったんです。コナーは僕のことは疑ってなかったみたいで、俺もその件について話したいと応じてくれました。誓って言いますが、本当に彼を説得するだけのつもりだったんです。お互いのためにも、この件は死ぬまで黙っていようと。チェイスがこっそりあとをつけてきていたのも知らなくて……」

ルークが口元を手で覆い、大きく深呼吸する。

「コナーはひどく気が立ってました。本当に一生黙ってるつもりか? その前に俺たちはチェイスに消されるぞ、って。『あの女子高生を殺して埋めたのはチェイスだ。俺たちはただ見てただけで何もしてない。チェイスに脅されて手伝わされたって言えば実刑は免れられる。やつに殺される前に、やつを警察に突き出すべきだ』と。興奮してまくし立てるコナーの背後から、チェイスが近づいてくるのが見えました。チェイスが目で『俺に任せとけ』と言ってるのがわかりました。僕は……動けなかった。ふたりが揉み合いになって、コナーがチェイスに海に突き落とされるのを、立ち尽くしてただ見ているだけだった」

「コナーは即死だったのか？　それとも……」

「いきなり真っ暗な海に突き落とされて、コナーはパニックになってました。大声で叫んで助けを求めて、それを桟橋からチェイスがじっと見下ろしてました」

コナーの叫び声がよみがえったのか、ルークが苦しげな表情で両耳を塞ぐ。

「……船着き場に、船をたぐり寄せたりするときに使う長い棒があるでしょう。チェイスはあの棒を手に取って、浮き上がってこようとするコナーを海に沈めました。真っ暗だったけど、持っていた懐中電灯のわずかな明かりでチェイスの横顔が見えました。無表情で、まるでつまらない仕事をこなしてるみたいに、コナーが溺れ死ぬまで棒で押さえつけていたんです。本当にぞっとする光景だった。なのに目をそらすことができなくて」

ルークが顔を上げ、救いを求めるように視線を向けてくる。

すがるようなルークの青い瞳に、雪都は黙ってこくりと頷いてみせた。

――大丈夫だから、全部吐き出して。

そう目で語りかけると、ルークが雪都を見つめたまま大きく深呼吸をした。

「あのときようやく彼の本性がわかった。いや、前々から気づいていたけど、ずっと目をそらしてきた。チェイスは人の心を持ってない。甘い言葉や優しげな態度は表面だけで、中身は血も涙もない冷血漢なんだと。コナーが息絶えたことを確認すると、チェイスが茫然と固まっている僕を優しく抱き締めました。『全部終わった。これであの件はふたりだけの秘密になった。

おまえのことは信用してるから、おまえも俺を信じてくれ』と囁いてきて……」

ルークが自嘲するように笑う。

「さすがの僕も、チェイスの言葉を信じようとは思わなかった。けど、ここは信じたふりをしないとまずいとわかってた。だから渾身《こんしん》の演技でチェイスに愛してるって言って……これからどうするのと甘えるように尋ねたら、チェイスは『俺と一緒に国外に逃亡しよう』って言い出して」

――本気？　これまで築いてきた地位を捨てるつもり？

――ああ、実は警察にマークされてるのはエイダンだけじゃないんだ。俺も仕事でちょっとやらかした。

――やらかしたって……いったい何をしたの？

――横領だ。ばれないと思ったんだがな。おそらく近々捜査の手が入る。けど心配ない。一生遊んで暮らせるだけの金が国外の口座にあるし、いつでも高飛びできるように偽名のパスポートや身分証も用意してある。おまえも一緒に来てくれ。カリブ諸島のどこかで、ふたりきりで結婚式を挙げよう。

「結婚をちらつかせれば、僕が言うことを聞くと思ってたんでしょうね。いつもそうなんです。チェイスはあの手この手で人の心を操ろうとする。そうやって油断させておいて、僕を殺すつもりだとはっきりわかりました」

「それでひと芝居打ったわけか」

「ええ、チェイスに協力するふりをして、彼のシナリオ通りに動きました。あの捜査官はきっと警察が来るまで俺たちをどこかに閉じ込めようとするから、隙を見て逆にあいつらを閉じ込めようって。あなたがたも見たでしょう？　チェイスはそういうの本当に上手いんです。根っからの詐欺師なんでしょうね」

「俺たちを閉じ込めたあと、何があった？」

「……荷物をまとめて、そろそろ送迎船が来る頃だろうから船着き場で待機しようってことになったんです。船が来たら僕が急病を装って苦しげなふりをして、大至急本土に運んでくれと頼む手筈《てはず》になってました。けど、僕を殺すなら島にいる間にやるに違いないと思って警戒してました。僕の警戒に勘づいたのか、チェイスは僕の機嫌を取ろうといろいろ甘い言葉を囁き出して……」

　そのときのことを思い出したのか、ルークがくしゃっと顔を歪《ゆが》める。

「僕はどうするかまだ決めてなかった。船が来たら急病のふりをして本土に送ってもらって、そこで隙を見てチェイスから逃げて警察署に駆け込もうかと考えました。このままだといつかチェイスに殺される、それなら刑務所に入ったほうがましだろうか、とか。そうやって悩んでいるときに、チェイスが馴《な》れ馴れしく触れてきたんです。なあ、俺たち外でやったことないよな？　せっかくだから島を去る前にやっとこうか、って。あんなに惹かれてたのに、チェイスに触れられて心底ぞっとしました。体が震えるほどの嫌悪感が走って、気がついたら隠し持っていた銃を彼に突きつけてた」

——本気か？　おまえに俺が撃てるのか？

——僕が気づいてないと思ってるの？　僕のこと、愛してなんかいないくせに！

——どうしてそう思うんだ？　なあ、落ち着けよ。いろいろありすぎてナーバスになってるのはわかるが、一緒に乗り越えよう。

——もう騙されない。安心して、殺したりはしないよ。逃げられないように怪我をさせて、警察に突き出してやる。

——いいのか？　そんなことしたらおまえも刑務所行きだぞ。

——構わない。これ以上おまえにいいように操られるのはもうごめんだ……！

「足を撃とうとしたんですが、手が震えてうまく引き金を引けなかった。僕がもたもたしているのを見て、チェイスは可笑しそうに笑いました。ほら見ろ、おまえには撃てない。銃を寄越すんだって言って、僕から銃を奪おうとして……」

言いながらルークが自分の両手を開いて見つめる。チェイスを撃ったときの衝撃を思い出したのか、手のひらが細かく震えていた。

「銃を奪われまいと争っているうちに、弾みで引き金を引いてしまった。いや、僕の意思で引いたのかもしれない。よくわからないんだ。怪我をさせるだけのつもりだったのか、この憎らしい男の息の根を止めてやりたいと思ったのか」

クレイトンが手を挙げ、ルークの話を制止した。

「そういう感情は話さなくていい。事実だけを述べれば、正当防衛を主張できる」

ルークがくすりと笑い、クレイトンを流し見る。

「捜査官がそんなこと言っていいの？」

「俺はこの事件の担当じゃないからな。関係者として、供述書を取られることになるだろうが」

素っ気なく言って、クレイトンが立ち上がった。

「ちょうどよかった。送迎船が来たみたいだぞ」

はっとして、雪都はクレイトンが指さす方向に視線を向けた。水平線の向こうから、白い船がこちらに向かってやってくるのが見える。

（よかった……これで本当に全部終わるんだ）

船を見たとたん、全身の力がへなへなと抜けていく。

隣に座っていたルークがすくっと立ち上がり、さりげなく懐に手を入れたときも、雪都は何が起こっているのかわかっていなかった。

「——よせ！」

クレイトンの鋭い叫び声に、ぎょっとする。

驚いて横を見ると、ルークが小型の銃を自分のこめかみに向けようとしているところだった。

「ルーク！」

思わず雪都も叫ぶ。

同時にクレイトンがルークの手から銃を叩き落とし、足で蹴り飛ばした。

「なんで止めるんだよ！　死なせてくれたっていいだろう！」

クレイトンに羽交い締めにされたルークが、端整な顔を歪めて泣きじゃくる。

急いで銃を拾って背後に隠し、雪都はルークに向かって叫んだ。

「だめです！　死んじゃだめです！」

「きみも止めるの？　きみならわかってくれるはずだって思ってたのに。もうこんな苦しい思いは終わりにしたいんだ！」

ルークの言葉に引きずられそうになり、慌てて雪都は足を踏ん張った。

自ら命を絶つことの是非は、難しい問題だ。本当に苦しむ人に対して、軽々しく死ぬなとは言えない。

けれどエイダンやコナー、チェイスの死の真相を知るルークを、今ここで死なせるわけにはいかないのだ。

「ルーク、よく聞いて。あなたには彼らの死について説明する義務がある。エイダンやコナーだけじゃなく、十年前のケルシーとマーゴの死についても真実を話さないと」

「全部話しただろう！　きみたちが警察に話せばいい」

「それじゃだめなんです。あなたが自分の口で話して、遺族に許しを請うんです」

「許してもらえるわけがない」

「それでもそうするしかないんです。あなたは一生罪と向き合いながら生きていかないといけないんです！」

どうやったらルークを説得できるのか、雪都にも皆目わからなかった。

そして自分が言っていることが、果たして正しいのか否かも。

ただひとつ、今ルークが自殺しても誰も救われないことだけは確かだ。

「雪都の言う通りだ。死ぬのは諦めろ。楽な道じゃないのは確かだが、いつかきっと生きててよかったと思える日が来る」

クレイトンが淡々と語りかける。

その言葉に、雪都ははっとした。

そうだ――真実の告白や罪の償いも大事だが、自分もクレイトンの言う通り、ルークにはいつか「生きていてよかった」と感じて欲しいのだ。

生きていてよかったと感じるのは当分先になるだろうし、今それを言ってもルークには響かないかもしれない。それでも彼をこの世に引き留めるために、最大限の努力をしなくては。

「ルーク……お願いだから死のうなんて思わないで。ニューヨークに帰ったら、また会って話しましょう」

拙い言葉しか出てこなかったが、雪都は必死でルークに訴えた。

その思いが届いたのかどうか、わからない。けれど海を見つめるルークの頬に、大粒の涙がぽろぽろと伝っていった。

Day3　9月18日の夜

シャワーを終え、髪を乾かしてTシャツとハーフパンツを身につける。

シーツの上に横たわり、雪都《ゆきと》は天井を見上げた。

今夜の宿は、〈サンセット・リゾート〉とは雲泥の差のモーテルだ。ベッドはスプリングが軋《きし》んでひどい音を立てるし、壁紙は色褪《いろあ》せてところどころ剝がれかかっている。

それでも構わない。悪夢のような事件はすべて終わり、無事に本土に戻ることができたのだから。

(クレイトン、まだかな)

寝返りを打って、ナイトテーブルの時計に目をやる。

時刻は午後八時をまわったところだ。遅いというほどの時間ではないが、この三日間いろいろありすぎたのでクレイトンの帰りが待ち遠しかった。

——送迎船が来て、クレイトンはまずルークの身柄を拘束して船に乗せた。それからジョセフとアリシアに事件が解決したことを手短に伝え、警察と一緒にまた戻ってくるからチェイスとルークの荷物には触れずにそのままにしておくよう指示して送迎船に乗り込み……。

雪都もクレイトンとルークとともに本土に戻り、警察署に直行した。供述書を取ってもらい、警察署からいちばん近いモーテルに送り届けてもらったのが午後五時過ぎ。

(クレイトン、ちゃんとお昼ご飯食べれたのかな)

雪都は供述の待ち時間に警察署の隣のカフェでサンドイッチにありつくことができたが、クレイトンはそれどころではなさそうだった。単なる関係者ではなくＦＢＩの捜査官ということで、アストンの事件のときと同様、後始末に追われているのだろう。

目を閉じると、島の西端にある東屋《あずまや》で初めてチェイス、ルーク、エイダン、コナーに会ったときのことを思い出す。

あのとき既に、計画は動き出していたのだ。

島に嵐が来たことも、計画に有利に働いた。あの夜テレビで十年前の事件が報道されたことも運命だったような気がして、肌がぞくりと粟立《あわだ》つ。

(ルークが言ってたように、チェイスはあの嵐も計算に入れてたんだろうな)

嵐が来ても来なくても、彼は臨機応変にやり遂げていた気がする。

唯一の想定外は、たまたまＦＢＩの捜査官が居合わせたことだろう。

(それと……自分はルークを意のままに操れると過信してたこと)

船からぼんやりと海を見ていたルークの表情を思い出し、胸が痛くなる。

すべての感情をなくしてしまったような、魂の抜けた茫洋《ぼうよう》とした姿だった。

けれど今はそのほうがいいかもしれない。余計なことを考えずに流れに身を任せて、いつか感情を取り戻すことができたら、そのとき事件について考えればいい。

(落ち着いたら、ルークに会いにいこう……)

窓の外から、車が行き交う音が聞こえてくる。

うとうとと微睡《まどろ》みかけていた雪都の耳には、車のエンジン音が波の音のように聞こえた。

波のざわめき、強風で木々が激しく揺れる音……この三日間の出来事が、めまぐるしく浮かんでは消えていく。

「――っ!」

バルコニーの下に倒れていたエイダンの姿が瞼《まぶた》に浮かび、雪都はがばっと体を起こした。

ひとりでいると、どうしても事件のことばかり考えてしまう。ベッドから降りてペットボトルの水を呷《あお》り、気を紛らわそうとテレビをつける。

『次のニュースです。ノースカロライナ州の離島にあるリゾートホテルで起きた殺人事件について……』

慌ててテレビを消して、雪都はため息をついた。

(クレイトン、早く帰ってきて)

世界にひとりだけ取り残されたような心細い気持ちになって、雪都はよろよろと窓際のソファに倒れ込んだ。

事件のことは敢《あ》えて頭から追い出し、自分とクレイトンのことを考える。

ふと雪都は、旅行前にクレイトンとの間に感じた温度差を、今はまったく感じなくなっていることに気づいた。

まったく、ルークの言う通りだ。自分はどうやら難しく考えすぎていたらしい。

困らせるのではないかとか嫌われるのではないかとか余計なことを考えて遠慮するから、すれ違いが生じてしまうのだ。

クレイトンは充分に愛してくれているし、自分もクレイトンを愛している。

ふたりの間に、腹を探り合うような駆け引きなど必要ない。何も恐れず、素直に心をさらけ出せばいいのだ――。

薄暗い部屋でぼんやり虚空を見つめていると、モーテルの駐車場に車が一台入ってくる音が聞こえてきて、雪都はぴんと耳をそばだてた。

この音は、クレイトンの車ではないか。

ぴょこんと立ち上がり、窓のカーテンを開ける。

（やっぱりそうだ！）

オフィスの前に停《と》まったのは、見慣れたシルバーの４ＷＤワゴンだった。クレイトンが運転席から降りるのを確認し、急いでバスルームに駆け込んで乱れた髪を手櫛《てぐし》で整える。

そわそわしながらドアの前で待つが、オフィスへ立ち寄ったらしく、クレイトンはなかなか部屋の前に現れなかった。

待つこと約三分、ようやくクレイトンがオフィスからこちらへ向かって歩いてくるのが見える。待ちきれなくなって、雪都は部屋の前に立ったクレイトンがカードキーをかざすよりも前にドアを開けた。

「おかえりなさい……っ」

いきなり開いたドアに軽く目を見開き、クレイトンが優しく苦笑する。

「言ったはずだ、ひとりのときは自分からドアを開けるなって」

クレイトンの青灰色の瞳を見上げたとたん、いろんな感情がこみ上げてきて雪都はくしゃっと顔を歪《ゆが》めた。突進するようにクレイトンの胸に顔を埋《うず》め、逞《たくま》しい体にしがみつく。

「おっと……すまない、ひとりで心細かっただろう」

言いながら、クレイトンが後ろ手にドアを閉めて抱き締めてくれた。

「……ええ、すごく」

クレイトンにしがみついたまま、素直に認める。

「明日の朝もう一度警察署に顔を出さなきゃならないんだが、今夜は何かあっても電話してくるなって念を押してきたから、誰にも邪魔されずゆっくり過ごせるよ」

「食事は？　お昼ご飯、食べてないでしょう？」

こういうときにロマンティックでセクシーな言葉を返すことができればいいのだが、ちゃんと食べたかどうか心配になって尋ねてしまう。

「ああ、昼は食べ損ねたけど六時頃デリバリーのピザにありつけたよ。きみは？」

「供述の待ち時間に、隣のカフェでサンドイッチを食べました」

「夕食は？」

「さっき近くのお店で寿司《すし》を買ってきました。多めに買って冷蔵庫に入れてあるので、もしよかったら……」

ふいにクレイトンが、くすくすと笑い出す。

「きみはいつも、俺がちゃんと食べたかどうか心配してるよな」

「だって本当に心配なんです。あなたの仕事は時間が不規則だし……っ」

色気の欠片《かけら》もない言動が急に恥ずかしくなって、雪都は軽くクレイトンの胸を押して距離を取った。

クレイトンが両手を挙げ、大袈裟《おおげさ》によろけてみせる。

「わかってる。心配してくれて嬉《うれ》しいよ」

「…………」

ふいに会話が途切れ、どことなく居心地の悪い沈黙が訪れる。五十センチほどの隙間を空けてぎこちなく視線を絡み合わせ、雪都は食事の話など持ち出したことを後悔した。

（どうして僕ってこうなんだろう。ついさっき、もっと素直に甘えようって決意したばかりなのに）

性格というものは、すぐには変えられない。またしても振り出しに戻ってしまいそうで、雪都は意を決して口を開いた。

「あの……」

キスして、もっと強く抱き締めてほしい。

けれど疲れて帰ってきたクレイトンにそういうことをねだるのははしたない気がして、言いかけた言葉を飲み込んだ。

「えーと……先にシャワーを浴びてくるよ」

雪都の横をすり抜け、クレイトンがバスルームへ向かう。

「待って……っ」

思わず雪都は、クレイトンのシャツの裾を摑《つか》んだ。

「どうした？」

クレイトンが少々面食らったように振り返る。

言葉が出てこなくて、雪都はクレイトンの背中にこつんと額を押し当てた。

「すまない、ハグしたいところだけど、汗をかいて汚れてるから……」

そのセリフに、旅行にくる前クレイトンと五日ぶりに顔を合わせたときのことを思い出す。

「そんなの全然構いません」

クレイトンの背中に頬を寄せ、雪都は声を絞り出した。

本人の申告通り、シャツの背中は汗ばんでいるし男っぽい体臭が立ち上ってくる。けれどその生々しい男臭さこそが、官能的なフェロモンとなって雪都を虜《とりこ》にするのだ。

「雪都、頼むから煽《あお》らないでくれ。そんなこと言われたら、今すぐきみをベッドに押し倒したくなる」

「……押し倒してください」

恥を忍んで、願望を口にする。

次の瞬間、向きを変えたクレイトンに正面から抱き締められ、思わず雪都は声を上げた。

「自分が言ってることがわかってるのか？」

「わ、わかってます……っ」

体が密着し、クレイトンの牡《おす》が高ぶりかけていることが伝わってきて声が上擦ってしまう。

官能的な質感に煽られ、雪都は自らのペニスをクレイトンの太腿《ふともも》に押し付けた。

恥ずかしい。けど、早くクレイトンとひとつになりたい。

兆し始めた欲望はクレイトンにも伝わったらしく、むしゃぶりつくように唇を塞がれた。

もつれ合うようにベッドに倒れこみ、濃厚で情熱的なキスをかわす。熱い舌で口腔内《こうこうない》の柔らかな粘膜を執拗《しつよう》にまさぐられ、雪都は甘やかな吐息を漏らした。

Tシャツの裾から忍び込んできた大きな手が、薄い胸板をまさぐる。

尖《とが》り始めていた敏感な乳首に触れられ、思わずびくりと体を震わせると、クレイトンが我に返ったように手を離した。

「すまない。また暴走しちまった」

「謝らないでください、暴走だなんて思ってません」

「けど、前にもきみを怖がらせてしまったから……」

怖がらせたなどと意外なことを言われ、雪都は驚いて目を見開いた。

「ええ？　いつのことです？」

クレイトンが大きく息を吐き、ベッドの端に掛けて髪をかき上げる。

「同棲《どうせい》を始めてまもない頃、何日かぶりに帰宅したときにがっついて、きみを泣かせたことがあるだろう」

クレイトンに言われて、ようやく雪都は思い出した。

帰るなり抱き締められ、ソファに押し倒されて……。

「え、ええ、覚えてます。けどあれは……っ」

かあっと頬が熱くなる。

あのときはまだセックス初心者だったのでクレイトンの勢いに驚いたのだが、数日ぶりに帰宅した恋人のキスや抱擁に瞬く間に高ぶってしまったのも事実だ。

「すごく反省してるんだ。きみは『待って』と言ったのに」

「確かにちょっとびっくりしましたけど、嫌だから泣いたわけじゃありません。全然嫌とかではなく、むしろその……あの頃は本当にああいうことに慣れてなくて」

なんと説明しようか、目を泳がせながら必死で言葉を探す。

「ええと……恥ずかしかったんだと思います。あなたが何日かぶりに帰ってきて、久しぶりに会ったので緊張してしまったというか……すみません、変ですよね。ブランクがあると、その都度つき合う前の状態に戻ってしまうような感じで……」

真剣な眼差《まなざ》しで雪都の話に耳を傾けていたクレイトンが、ふっと唇に笑みを浮かべる。

「怖がってたわけじゃないんだな？」

「全然。あなたが帰ってきてすごく嬉しかったし、最初はあなたの勢いにちょっとびっくりしましたけど、僕もその……したかったし」

気恥ずかしくなり、だんだん声が小さくなってしまう。

クレイトンが声を立てて笑い、隣にやってきてハグしてくれた。

「よかった。実は結構気にしてたんだ。がっつきすぎて呆《あき》れられたんじゃないかと」

「そんなことないです！　僕も男だからわかりますし、僕も……なかなか表に出せないんですけど、心の中ではがっついてることとありますし」

「本当に？　それはぜひ、しっかり表に出してアピールしてほしいな」

抱き寄せられて頬にキスされ、雪都はくすぐったさに首をすくめた。

(うう、すごく照れくさいんだけど……っ)

けど、こういうときに感情を隠すべきではない。大事なパートナーだからこそ、誤解やすれ違いを生まないように常に素直でいなくては。

気恥ずかしさは当分薄れそうにないが、雪都もクレイトンの体に手をまわして甘えるように体を擦りつけた。

クレイトンが一瞬硬直し、喉の奥で低く唸《うな》り声を上げる。

「あ……っ」

ベッドに押し倒され、雪都は甘やかな声を上げた。少々乱暴な手つきでTシャツをまくり上げられ、外気に触れた肌が官能の予感に粟立つ。

再び胸をまさぐられ、凝《しこ》った乳首が硬い手のひらに転がされて小さな丸い肉粒を作った。

クレイトンの愛撫《あいぶ》に、くすぐったいような疼《うず》きが全身に広がってゆく。

疼きはやがて、いつもクレイトンを受け入れている場所へと到達し……。

(あ、な、なんかすごく熱い……っ)

あんな事件があって、気が高ぶっているのだろうか。

いや、そうではない。クレイトンとの間にあった小さなすれ違いが解消し、安心感で心も体もとろけきっているのだ——。

逞しい胸に手を伸ばし、雪都は上擦った声で訴えた。

「これからは、帰ってきたらまずハグしてください。シャワー浴びてないとか、そういうことは気にせずに」

「いいのか？」

言いながら、クレイトンが指先で胸の肉粒を弄《もてあそ》ぶ。

「……っ、え、ええ、あなたの匂い、好きなので……っ」

「俺もきみの匂いがすごく好きだ。特にここ」

「ひあ……っ」

腋《わき》の下に顔を埋められ、雪都は気恥ずかしさに身をよじった。

もともと体臭が薄く、日頃はほとんど匂いがないのだが、クレイトンによると『雪都は感じるとほんのり甘酸っぱい香りがする』のだという。

腋に限らず、クレイトンはよく雪都の匂いを嗅ぎたがる。恥ずかしくて拒否することが多いのだが、クレイトンが望んでいるのならもう少し譲歩するべきだろうか……。

「最高のフェロモンだ」

雪都の腋の下に鼻を突っ込んで大きく息を吸い込んだクレイトンが、満足げに呟《つぶや》いた。

「もう……っ」

赤くなった頬を隠そうと、顔を背ける。

しかし顔を背けたとたん耳に齧《かじ》りつかれ、くすぐったさにくすくすと笑ってしまった。

「こうやってじゃれ合うのもいいけど、早くきみの中に入りたい」

クレイトンが、耳に息を吹き込むように囁《ささや》く。

一瞬ためらったのち、雪都も思い切って囁いた。

「僕も……早くあなたが欲し……ひあっ」

言い終わらないうちに、クレイトンが猛然と体を起こして雪都の体からTシャツとハーフパンツを毟《むし》り取る。

白いビキニブリーフ一枚の姿になり、雪都はもじもじと太腿を擦り寄せた。

「おっと、手で隠すのはなしだぞ」

「わ、わかってます」

少し前、下着の濡《ぬ》れた部分を隠そうとした際、クレイトンに約束させられたのだ。

雪都としては、ちょっとした刺激ですぐに先走りが漏れてしまう体質が恥ずかしくてたまらないのだが、クレイトンが下着の淫らな染みに興奮することも知っている。

そして雪都も、大好きな人に恥ずかしい染みを見られることに密《ひそ》やかな快感を覚えており——。

「見たことのない下着だ」

「あなたが選んだんですよ……旅行前に一緒に買い物に行って」

「ああ、あのとき買ったやつか。実際に穿《は》くとかなり扇情的だな」

雪都の下着を眺めながら、クレイトンがシャツを脱ぎ捨てる。

目をそらしていてもクレイトンの熱い眼差しを感じてしまい、じわっと染みが広がるのがわかった。

クレイトンが選んだ下着は布地が薄くて透けやすく、風呂上がりに穿いたときから気になっていた。すっかり勃起した今、白い布地にピンク色のペニスがくっきり浮かび上がり、先走りで濡れた亀頭に至っては割れ目まで透けて見えている。

クレイトンもズボンを脱ぎ捨て、下着一枚になって雪都の体にのしかかってきた。

「新婚旅行気分でいろいろ準備したのに、まさかこんな場末のモーテルで過ごすことになるとはね」

「行き当たりばったりの旅行だから、これもありです」

今は事件の話はしたくない。クレイトンの気をそらそうと、雪都はいつもより大胆に彼の下着に手を伸ばした。

「いいね。きみに脱がされる日が来るとは」

「黙っててください……っ」

ローライズのボクサーブリーフの前は猛々《たけだけ》しく盛り上がり、逞しい男根が半ばはみ出していた。見慣れているはずなのにどぎまぎしてしまい、目をそらしつつそっと下着をずり下ろす。

（あ……）

ぶるんと揺れて露《あら》わになった性器に、体の芯がずくんと疼《うず》く。

大きく笠《かさ》を広げた亀頭、血管の浮いた太く長い茎……根元の玉はたっぷりと重たげで、噎《む》せ返るような牡の性臭を漂わせている。

思わず見とれていると、クレイトンが低く唸ってビキニブリーフの濡れた部分に手を伸ばしてきた。

「あ、だ、だめっ、出ちゃう……っ」

「出していいぞ。そのために買った下着だ」

「何言って……あ、あっ、ああん……っ」

既に高ぶっていたので、クレイトンの大きな手に触れられてはひとたまりもない。あっというまに上り詰めて、雪都は新品の下着を白濁で汚してしまった。

ぶるっと背筋が震え、いったばかりなのに激しい欲望がこみ上げてくる。

早くクレイトンの逞しい牡に貫かれたい。

熱に浮かされるように、雪都は濡れた下着をずり下ろした。クレイトンも切羽詰まった表情になり、無言で下着を下ろすのを手伝ってくれる。

一糸まとわぬ姿になると、雪都はおずおずと脚を広げて青灰色の瞳を見上げた。

青灰色の瞳は、欲望の炎をたたえている。

きっと自分の瞳も、同じように燃え滾《たぎ》っているに違いない。

「あ……っ」

濡れた蕾《つぼみ》に大きく笠を広げた亀頭が迫ってきて、雪都は吐息を漏らした。

「ちょっと待って、濡らさないと」

「バスルームのポーチに潤滑剤が……っ」

「ああ、いや……久しぶりに俺ので濡らしていいかな」

先走りで濡れた亀頭を押し当てられ、雪都は息を乱しながらこくこくと頷《うなず》いた。

潤滑用のジェルよりも、クレイトンの濃厚な精液を注いで濡らして欲しい。

雪都の淫らな願望に応えて、クレイトンが先端を浅く突き入れてくる。大きく張り出した亀頭の圧倒的な質感に、蕾がはしたなくうごめくのがわかった。

欲しがって疼く粘膜を焦《じ》らすように、クレイトンが亀頭だけ含ませて竿《さお》をしごく。

「あんっ、あ、クレイトン……っ」

少しでも奥へ誘い込もうと、思わず腰を揺らしてしまった。

クレイトンが歯を食いしばり、「そんなに煽るな」と掠《かす》れた声で囁く。

「あ、ああ……っ、ああんっ」

クレイトンも限界だったらしく、何度かしごいただけで蕾の中で熱い飛沫《しぶき》が弾《はじ》けた。

（すごい……こんなにたくさん……っ）

濃厚な白濁が結合部分から溢《あふ》れてきて、雪都は息を喘《あえ》がせた。

クレイトンの牡はほとんど勢いを失うことなく、子種を奥へ押し込むように小刻みに突いてくる。

「始めていいか？」

「はい、始めてください……っ」

早く奥を突いて欲しくて、自らクレイトンに脚を絡ませる。

望み通り太くて硬い屹立《きつりつ》がぐいぐい中に押し入ってきて、雪都はあられもない声を上げた。

「ひあっ、あ、クレイトン……っ」

肉厚の雁《かり》に敏感な粘膜を擦られ、えもいわれぬ快感が広がっていく。

これはセックスでしか得られない快感だ。それも、愛する伴侶とのセックスでしか味わえない、極上の悦楽――。

クレイトンが、中を馴《な》らすようにゆっくりと抜き差しを始める。

抜き差しのたびに硬さと太さが増していくのを感じて、雪都はその生々しい感触に肌を上気させた。

クレイトンは雪都の感じる場所や擦り方を熟知している。大きく張り出した雁で快楽のスポットを引っかくように擦られ、雪都は強烈な快感に喘いだ。

「あひっ、あ、そこ、だめ……っ」

「どうしてだめなんだ？」

「いっ、いっちゃう、また出ちゃう……っ」

「つまり、気持ちいいってことかな？」

「ああんっ！　や、そこ、強く擦っちゃだめ、あ、あああ……っ」

ぴんと勃《た》ち上がったペニスが震え、鈴口から失禁したように精液が漏れる。

雪都が射精している間もクレイトンは動きを止めることなく、雪都の弱い場所を徹底的に攻め続けた。

「いやっ、クレイトン、だめえ……っ」

「だめ？　じゃあやめよう」

クレイトンが笑いを含んだ声で囁きかけてきて、律動を休止する。

太くて硬いものを中に咥《くわ》えたまま、雪都は息を喘がせつつ射精の余韻を味わった。

（あ……クレイトンの、中で動いてる……っ）

力強い脈動が伝わってきて、じわっと体温が上昇する。クレイトンを包み込んだ粘膜が淫らにうごめき始めるのを、雪都は止めることができなかった。

粘膜の動きが伝わったのか、クレイトンが眉根を寄せる。

「そろそろ再開していいかな」

「……は、はい……っ」

睫毛《まつげ》を伏せ、蚊の鳴くような声で答えると、クレイトンがふっと笑う気配がした。

「じゃあ続きをしよう」

「……ん……っ」

クレイトンが、じわりと奥へ押し入ってくる。

ゆっくりした動きだったが、その質感は圧倒的だった。硬い勃起が敏感な粘膜を限界まで押し広げ、やがて先端が雪都の最奥へと到達する。

「ああ……」

甘やかな吐息を漏らし、うっとりと身を委ねる。

唇をついばむような軽いキスとともに、クレイトンが「愛してる」と囁いた。

「ぼ、僕も……、あ……っ」

奥まで入っていたものをずるりと引き抜かれ、全身が総毛立つような快感に襲われる。

強烈な快感をゆっくり味わう間もなく、クレイトンが再び奥に突き入れてきた。

「ひあっ、あ、あ……っ」

最初はゆっくりと、次第に律動のリズムが速まっていく。

こうなると、もう何も考えられない。頭の中が真っ白になり、ただ全身を支配する快楽に身を委ねるしかない。

「あ、あっ、あんっ、クレイトン……っ」

望み通り蕾を貫かれながら、雪都は譫言《うわごと》のように愛する人の名前をくり返した。

クレイトンも、その都度「雪都」と甘く呼びかけてくれる。

(ああ……っ、どうしよう、すごく気持ちいい……っ、どうにかなっちゃいそう……っ)

中を擦られながらまた射精してしまった気がするが、それすら定かではなかった。体がクレイトンとひとつに溶け合い、頂点に向かって疾走する。

「ああっ、あ、あ……っ!」

やがて体がばらばらになりそうな感覚が訪れ、雪都は夢中でクレイトンにしがみついた。

「雪都……!」

クレイトンも、雪都にしがみつくように強い力で抱き返してくる。

「ああ……!」

愛する伴侶の腕の中で、雪都はめくるめく頂点へと上り詰めた——。

◇◇◇

——窓の外で、車のエンジン音が低い音を響かせている。

目を開けて天井を見上げ、クレイトンは自分が今いる場所を思い出して小さくため息をついた。

時刻は午前三時。こんな時間にモーテルの駐車場で車のエンジンをかけっぱなしで、しかも大音量で音楽を流している奴《やつ》の気が知れない。

「ん……」

腕の中で眠っていた愛《いと》しい伴侶も、騒々しい音で目が覚めてしまったらしい。ゆっくり瞼を上げ、ぼんやりと虚空を見つめる。

「目が覚めた？」

「ええ……いったいなんの音です？」

「外でカーステレオを流してる不届き者がいるみたいだ」

「夜中の三時に？」

「そう、夜中の三時に」

文句を言ってやろうと起き上がりかけるが、車はクレイトンの不満を察したようにするりと発車し、駐車場をあとにした。

(まったく。久々の安眠の邪魔をしやがって)

心の中で悪態をつき、再びベッドに横たわって雪都を抱き寄せる。

「もうひと眠りできるな」

「……警察署には何時に行くって言ってましたっけ……」

雪都の声が掠れていることに気づき、クレイトンは口元に笑みを浮かべた。

風邪気味で掠れているときや、眠くてくぐもっているときとは全然違う。ほんのりと色っぽいこの声は、間違いなく昨夜の激しい情事の名残だ。

「九時までに行くことになってる。それと、多分〈サンセット・リゾート〉にも行くことになると思う」

「ですよね……現場検証とかあるでしょうし」

「きみも一緒に来る？　ジョセフとアリシアさえ構わなければ、改めてもう一晩あそこに泊まってもいいと思ってるんだが」

雪都が目をぱちっと見開いて、クレイトンの顔をまじまじと見つめた。

「本気で言ってます？　殺人事件があったんですよ？」

「……デリカシーのない男だって思った？」

自分の発言を後悔しつつ尋ねると、雪都がくすくすと笑う。

「いえ、僕が気にしすぎなのかも。あなたは仕事柄、いちいち気にしていられないでしょうし」

「そう言ってくれると救われるよ。だけど気をつけないと、ちょっと感覚が麻痺《まひ》してるのかも。迷惑な犯罪現場マニア連中のことをあれこれ言えなくなるな」

「大丈夫、ちゃんとわかってます。あなたは残りの休暇をちょっとでもロマンティックに過ごそうと思って提案してくれたんでしょう？　こんなモーテルじゃなくて、海を見下ろすリゾートホテルで……って」

「ああ、こんなモーテルでも、昨夜は最高だったけど」

雪都の温《ぬく》もりや掠れた声、そして昨夜の生々しい記憶に、体の芯が性懲りもなく疼き始める。

思わずクレイトンは、硬くなりかけた性器を雪都の尻に押しつけた。

「……っ、クレイトン……っ」

「ちょっとだけだ。こんなふうにきみに擦りつけて……」

「あ……っ」

そっと雪都のペニスを手で包み込む。雪都のそこも、ほんのりと兆し始めていた。

「〈サンセット・リゾート〉の現場検証が終わったら、すぐに戻ってくる。この近辺で、ロマンティックに過ごせそうなホテルを探しておいてくれるかな」

「ええ、わかりました……あぁっ」

高ぶった牡の象徴を、雪都の背後から内股に滑り込ませる。なめらかな肌を味わうように、クレイトンは己の男根をゆるゆると前後に動かした。

「またふたりで旅行しよう。十一月あたりはどう？」

「え、ええ、だけどジュリアンが、近々一緒に貸別荘に行こうって……っ」

「こんなときにジュリアンの名前を持ち出すなんて、悪い子だ」

雪都の可愛《かわい》い玉を、クレイトンはお仕置きするように強く突いた。

「ひあん……っ！」

「ジュリアンたちとは、別に泊まりがけじゃなくてもいいだろう？　せっかく旅行するなら、俺はきみとふたりきりで過ごしたい」

「あっ、クレイトン、だめ、あっ、ああ……っ」

雪都の甘やかな喘ぎを愉《たの》しみながら、クレイトンは次回の婚前旅行に思いを馳《は》せた。

エピローグ

シルバーの4WDワゴンが、紅葉した木々の間を駆け抜けてゆく。ワシントンDCから北へ約五十キロ、十一月初旬の森は、早くも冬の気配を漂わせていた。

ハンドルを握りながら、クレイトンはちらりと助手席の雪都を見やった。

五分ほど前までなんとか目を開けてクレイトンの話に相槌《あいづち》を打っていたが、睡魔には勝てなかったらしい。シートにもたれ、長い睫毛を伏せてうとうとしている。

無理もない。大学生の雪都は勉強だけでなくボランティア活動もしているし、先週は泊まりがけでニューヨークに出かけたばかりだ。

ニューヨークに出向いたのは学会のためだが、それだけではない。九月にノースカロライナ州の離島で殺人事件に巻き込まれた際に知り合ったルークに会いに行ったのだ。

会いに行ったのはこれが初めてではない。勾留中に二度、保釈中にも一度会いに行っている。

クレイトンの予想通り、ルークの両親は息子にやり手の弁護士をつけ、チェイスの件に関しては正当防衛で不起訴を勝ち取った。過去の事件の隠蔽についても司法取引で免責となり、今はニューヨークの実家で暮らしている。

クレイトンも検察に呼ばれて何度かニューヨークへ出向いたが、雪都がルークに会いに行ったのは個人的な話をするためだ。

犯罪被害者の支援活動をしている雪都にとって、ルークは〝被害者〟なのだろう。

チェイスにいいように操られていたルークには同情する気持ちもあるし、ルークを恨んだりもしていない。

けれど捜査官としてのクレイトンは、事件の結末に少々もやもやしているのも事実だ。

あのときルークは、明確な殺意を持ってチェイスを撃ったのではないか……。

(だとしたらなんだ？　証拠はないし、目撃者もいないから証明のしようがない。たとえ明確な殺意を持っていたとしても、結局は銃の奪い合いで誤って引き金を引いたってことになるだけだし)

海から引き上げられたチェイスの遺体は、額を撃ち抜かれていた。争っているうちに偶然そこに命中したと言えなくもないが、初めてそれを見たとき、チェイスはルークによって処刑されたように感じられた。

いつのまにか眉間に皺《しわ》が寄っていたことに気づき、ため息をつく。

ルークはエイダンとコナーの死にはかかわっていない。鑑識の調べで、ふたりはチェイスの手によって殺されたことが証明されている。

自分はこの事件の担当者ではないので、これ以上深入りする気はない。担当している事件でさえ理不尽な結末に苛立《いらだ》つことがあるのに、これ以上もやもやを抱えるのはごめんだ。

(俺は法の番人の立場だが、全部が全部、正義で裁けるわけじゃないしな)

善悪の境目が曖昧なケースもたくさん見てきたし、罪人をすべて刑務所に送り込めばいいというものでもない。

この事件については、ルークの今後の生き方を見て判断するしかないのだ。

(雪都はルークにいい影響を与えている。彼の助けになるなら……会いに行くのを止めるわけにはいかない)

本音を言うと、大事な恋人を犯罪者に会わせるのは気が進まない。

しかもルークは都会的で洗練された魅力もあり――クレイトンにはチェイスやルークの魅力はまったく理解できないのだが――雪都が彼に好意を持っているらしい点も心配の種だ。

そう、本音の更に本音を言うと、クレイトンはルークに少々嫉妬している。

ルークは自分とはまるで違うタイプで、ああいう小綺麗《こぎれい》な優男に雪都が懐いていることに、クレイトンは密かに苛立っていた。

みっともない感情だということはよくわかっている。雪都とはお互いすべてをさらけ出そうと約束したが、これだけは絶対に見せられない。

(好意といっても、恋愛感情じゃない。ジュリアンに対する友情みたいなもんだ)

そう自分に言い聞かせ、唇に自嘲的な笑みを浮かべる。

雪都はルークと話したことを、包み隠さず報告してくれている。話しているのは主に事件について、そしてチェイスとの関係についてだ。伏せている部分も多少あるのだろうが、それはルークへの配慮であって、ふたりの間に秘密めいたやり取りがあるわけではない。

自分は雪都を信じているし、雪都に愛されていることにもっと自信を持つべきだ。

(ま、万が一雪都が心変わりしたって、絶対逃がさないけどな)

心の奥底に秘めた黒い感情がちらりと顔を覗《のぞ》かせる。

雪都をつなぎ止めるためなら、自分はなんでもするだろう。愛しているなら自由にしてあげるべきなどという綺麗事は他人を諭すときに使うだけで、雪都に関しては自分はそれほど心が広くない。

(いやいや、常軌を逸した執着はよくないな。そういうのが垣間《かいま》見えると雪都が怯《おび》えるだろうし)

心変わりされないよう、日頃から細心の注意を払うのが先決だ。思いやりや配慮、互いの仕事への理解とリスペクト……雪都のことが好きすぎて暴走するのもほどほどにしなくては。

(しかし、だ。今夜の宿は湖畔のリゾートホテルだし、いつもよりロマンティックに燃え上がれるはず)

ついつい、口元がにやけてしまう。

九月の旅行が殺人事件で台無しになったため、今回は仕切り直しのバカンスなのだ。

一泊二日の短いバカンスではあるが、入念に下調べしてカップルに人気のホテルを選んである。予約したのはハネムーン・スイートという名の部屋だ。ホームページに載っていた写真によると、ふたり一緒に入れる大きなバスタブが売りで……。

「ん……」

助手席の雪都が、小さく吐息を漏らす。

可愛い寝顔をちらりと盗み見て、クレイトンは穏やかで優しい恋人の顔を作った。

「疲れた？　少し休憩しようか？」

声をかけると、雪都がはっとしたように目を開ける。

「いえ……すみません、僕寝てました？」

「ちょっとね。ここのところ忙しかったんだし、ホテルに着くまで寝てていいよ」

「せっかく紅葉が綺麗だから、目に焼きつけようと思ってたのに」

「紅葉ならホテルに着いてからでも存分に見れるさ」

「湖の畔《ほとり》のホテルなんて、すごく楽しみです」

寝起きの少し掠れた声がやけに色っぽくて、クレイトンは下腹部の辺りが疼くのを感じた。

ホテルに着いたらさっそく愛を交わしたいところだが、ロマンティックに過ごすためには夜になるまで待つべきだろうか。

「あ……もうすぐですね。今ホテルの案内板がありました」

「あと三キロってとこかな」

カーナビを横目で見て、視線を前に向ける。

しばらく走っていると、バックミラーにパトカーが映った。サイレンは鳴らしていないが、赤色灯が点滅している。急いでいるらしいことがわかったので、クレイトンは路肩に車を寄せて道を譲った。

「なんでしょう……事故？」

「かもな。俺たちは安全運転でいこう」

なんとなく嫌な予感がしたが、クレイトンはそれを振り払うようにカーステレオのスイッチを入れた。

雪都が気に入っているバンドの少々騒がしい曲を聴きつつ、ホテルへ向かう。やがて森の向こうに湖が現れ、クラシックな外観のホテルも見えてきた。

「素敵！　映画に出てきそうな建物ですね」

「ああ、写真で見るよりずっといいな」

ここならロマンティックな休日を過ごすことができそうだ。

鼻の下を伸ばしつつ駐車場へ向かうと、入り口にパトカーが数台停まっていることに気づいてぎょっとする。

「えっ？　ここで何かあったんでしょうか？」

「なんだろうな……」

当て逃げや車の盗難などの駐車場でありがちな事件かと思ったが、それにしてはパトカーの数が多すぎる。

クレイトンが駐車場に車を入れようとすると、制服姿の警察官が走ってきて手で制した。

「ここは立ち入り禁止だから、バックして」

サングラスをかけた中年の警察官がぶっきらぼうに言い放つ。

「ここに宿泊する予定なんですが」

ウィンドウを下ろして訴えるが、警察官は首を横に振った。

「他を当たって。ここは今それどころじゃないから」

助手席の雪都と顔を見合わせる。言われた通り、クレイトンは車をバックさせてホテルのそばに停めた。

敷地内で数人の警察官が忙しそうに歩きまわっており、エントランスの扉には立ち入り禁止の黄色いテープが張られているのが見える。

「何かあったみたいだな」

警察官に尋ねても教えてくれないだろう。ＦＢＩの身分証を出せば話は別だろうが、捜査を指揮しに来たなどと思われると話がややこしくなる。

車から降りて、クレイトンはホテルの周囲に集まっていた野次馬に目を向けた。おそらく地元の住民であろう、小型犬を連れた年配の女性に近づいて声をかける。

「すみません、何があったんですか？」

「殺人事件らしいわ」

年配の女性が、眉をひそめつつ教えてくれる。

「殺人事件？」

「ええ、このホテル名物のハネムーン・スイートっていう部屋で、女の人がバスタブに沈められてたって話よ」

「マジかよ……」

思わず、普段は使わないようにしている言葉を呟いてしまう。

嫌な予感が当たってしまった。どうして自分と雪都の行く先々で殺人事件が起きてしまうのだろう。

（いや、今回はぎりぎり回避できた。宿泊中に巻き込まれずに済んだんだから）

急ぎ足で車に戻り、運転席に乗り込む。

「なんだったんですか？」

不安そうな雪都に、クレイトンは穏やかで控えめな笑みを浮かべてみせた。

「詳しいことはわからないが、何か事件があったみたいだ。ここには泊まれないから、他の宿を探そう」

「事件……まさか、殺人とか？」

雪都の白い顔が、さあっと青ざめていく。アストンの別荘、〈サンセット・リゾート〉に続いて、またしても殺人事件に遭遇してしまったことを知ったら、雪都は相当ショックを受けるに違いない。

「わからない。とにかくここを離れよう」

今は殺人事件だということは伏せておいたほうがいい。

一刻も早くここを立ち去り、ロマンティックな夜を過ごせる宿を探さなくては。

（こんなド田舎で、他にまともなホテルがあるんだろうか）

内心焦りつつ、クレイトンは車のエンジンをオンにした。


「あ、あっ、ああん……っ」

――二時間後。田舎町の町外れにあるモーテルの一室で、クレイトンは雪都のなまめかしい声を存分に堪能《たんのう》していた。

泊まる予定だったリゾートホテルとは雲泥の差の、古ぼけたモーテルだ。〝空室あり〟のネオンサインは電球が二文字消えたままだし、部屋もこれまで泊まったモーテルのワーストスリーに入るくらいにひどい。

探せばもう少しましな宿があったのだろうが、早くふたりきりになりたくて、普段だったら絶対避けたであろうおんぼろ宿にチェックインしてしまった。

（まあいいか。他に客はいなさそうだから、声を出すのを遠慮しなくていいし）

いきり勃った肉棒を突き入れながら、可愛らしいペニスがぷるんぷるんと前後に揺れるさまを愉しむ。

まったく、極太の男根をいやらしく咥え込んでいるというのに、雪都のこの清楚《せいそ》な可憐《かれん》さはどういうことだろう。白い肌を上気させ、薄桃色の小さな乳首をつんと尖らせ、快感で喘ぎながらも汚《けが》れを知らない天使のように見える。

いや、汚れを知らない天使だからこそ、こんな淫らなセックスに没頭していても清楚に見えるのか。

この愛らしい天使がはしたなくおねだりするところを見たくなり、クレイトンは雪都の耳に唇を寄せた。

「雪都、どうして欲しいか言って」

「あ……っ、そこ、そこもっと擦って……っ」

「ここ？」

雪都の望み通り、快感のスポットに大きく張り出した亀頭をぐりぐりと擦りつける。

「ひあっ！　あんっ、あああ……っ」

弱い部分を集中的に攻められて、雪都が白い喉を見せてのけぞった。

「雪都のおねだりはなんでも聞いてあげるよ。だから、俺のリクエストも聞いてくれるかな」

「な、なんです？　あ、ああん……っ」

動きを止めて焦らしつつ、雪都の耳元でリクエストを囁く。

クレイトンのリクエストを聞いた雪都が、ぱあっと頬を赤く染めた。

「……そんなの……」

「恥ずかしくて言えない？　じゃあ今夜はここまでだな」

雪都の中からペニスを引き抜こうとすると、雪都がきゅっと尻に力を込めて引き留めた。

なんという可愛い引き留め方だろう。可愛いだけでなく、熱い粘膜で食い締められて、危うく射精しそうになってしまったではないか。

（う……っ）

「……く、クレイトンの……」

「俺の、何？」

雪都が恥じらう姿に、ぞくぞくするような快感を覚えつつ促す。

睫毛を伏せ、雪都が意を決したように唇を開いた。

「クレイトンのおっきいので、いっぱい擦って……っ」

「違うだろう、雪都。俺が言った通りに言って欲しいな」

「……クレイトンの……」

雪都が、ほとんど聞き取れないほどの小さな声で男性器を表す卑語を口にする。

「そう、その調子だ」

「……僕の……いやらしいお尻の穴……」

言いかけて、雪都がふいに両手で顔を覆った。

(しまった、調子に乗りすぎたか)

慌てて謝ろうとすると、雪都が蚊の鳴くような声で呟いた。

「……なんで僕のお尻がいやらしいって知ってるんですか……」

「ええ？　いや知ってるも何も、きみとはいつもセックスしてるじゃないか」

「僕が……あなたがいないときにしてること、知ってるんでしょう……？」

雪都の言葉に、クレイトンは体の中心に電流が走るのを感じた。

「ちょっと待ってくれ、う、う……っ」

突然の衝撃的な告白に、低く呻きながら雪都の中で絶頂を迎える。

濃厚な精液をたっぷりと注ぎ込んでから、クレイトンはずるりとペニスを引き抜いた。

「つまり、俺の留守中に、きみは……」

雪都が浮気するはずがないので、いやらしいお尻の穴を慰めるために何をしているのか、答えはひとつしかない。

雪都も男だし、当然と言えば当然なのだが、本人の口からそれを申告されるのはなかなかの破壊力だった。しかもペニスを擦る自慰ではなく、アナルを使ったオナニーとなると……。

「なんでも隠さず教えてくれ。この際だから俺も白状するが、張り込みで何日も帰れないとき、きみのことを想像しながらやってる。職場のシャワールームでしたこともあるし、車の中でこっそり抜いたことも」

クレイトンの告白に真っ赤になって、雪都は落ち着かない様子で視線をさまよわせた。

「……あなたのこと考えてると、ときどき体が疼いて……さ、最初は普通にしてたんです。でも、なんだか物足りなくて……」

「続けてくれ。なんだか物足りなくて？」

強めに促すと、雪都が観念したように「指を……」と囁いた。

その言葉にくらりと目眩《めまい》を感じ、大きく深呼吸して呼吸を整える。

「俺は自慰は悪いことだと思ってないし、雪都が自分で慰めてるって知ってものすごく興奮してて、だから聞くけど……指だけ？　その、それ用の道具を使ったりとかは？」

「し、してません！」

「してないけど、興味はある？」

「…………っ」

雪都の顔を見れば、答えは明白だった。

今はまだ道具を使ってはいないが、指だけでは物足りなさを感じているはずだ。なんせ雪都の体は、逞しいペニスで貫かれる快感を知っている。

(自惚《うぬぼ》れるわけじゃないが、俺のサイズに慣れ親しんでいると、指なんかじゃ全然物足りないだろうし)

鼻の下が果てしなく伸びてしまいそうになり、慌てて表情を取り繕う。

「そうだよな。何日も留守にすることがあるのに、気づかなくて悪かった。DCに帰ったら、きみの渇望を慰める道具を一緒に選ぼう。通販でもいいし、実際店に見に行ってもいいし」

「もう……っ」

雪都が顔を背け、怒ったように唇を尖らせる。けれどその声音はとろけるように甘く、怒っているわけではないのは明白だった。

「さっきの続きをしよう。今ならなんでも言えるだろう?」

「……だめ、ちょっと恥ずかしすぎて、あなたの顔見れません……」

「わかった。じゃあ入れて欲しいところを広げてみせて」

「…………」

恥ずかしいセリフを言わされるよりはましだと思ったのだろう。しばしためらったのち、雪都はおずおずと蕾を左右に押し広げた。

薔薇色《ばらいろ》の蕾から、先ほどクレイトンが放った白濁がとろりと溢れてくる。

「雪都……」

「あ……っ」

大きく笠を広げた亀頭を、ぐいと押し当てる。そのままじわじわと中に押し込んでいくと、雪都がすすり泣くような声を上げて喘いだ。

「あんっ、クレイトンの、すごくおっきい……っ」

「ひとりでするときも、そんなことを言ってるのか？」

「や、聞かないでっ、あ、あっ、おっきいの、入ってくる……っ！」

聞かないでと言いつつ、雪都が淫らな言葉を口走る。

雪都の理性のたがが外れたのがわかって、クレイトンもいっそう興奮して腰を突き上げた。

「あ、あんっ、そこ、気持ちいい……っ」

「俺も気持ちいい。きみの中は最高だ。きみの可愛くていやらしい……」

「もう黙って！　あ、あっ」

「わかった、集中しよう」

——町外れのおんぼろモーテルに、愛し合うふたりの声が響き渡る。

この上ない幸福感に包まれながら、クレイトンは愛しい伴侶との交わりに没頭した——。

あとがき

こんにちは、神香《じんか》うららです。お手にとってくださってどうもありがとうございます。

なんと、二〇一七年発行の「恋の吊り橋効果、試しませんか？」の続編です……！

発行からだいぶ経っているので、続編のお話をいただいたとき本当にびっくりしました。実は一冊目を書いた直後に、もし続編の機会があったら次は嵐の孤島を舞台にしたいなーとネタを用意していたのです。そのときのネタが、こうして日の目を見ることになりました。ご感想や続編リクエストをくださった皆さま、どうもありがとうございます！

一冊目は事件に力を入れすぎてラブが少なめになってしまったので、今回は事件よりふたりのラブに力を入れました。なので謎解きや犯人探しの要素は薄めです。その分、肩の力を抜いて気軽に読んでいただけるかと思います。

そうそう、前回登場人物一覧が欲しいというお声をいただいたので、最後に載せておきますね。（「恋の吊り橋効果、試しませんか？」の登場人物一覧もサイトに載せてあります）

前回に続いて北沢《きたざわ》きょう先生が素敵なイラストを描いてくださいました。どうもありがとうございます。また北沢先生の絵でクレイトン＆雪都を見ることができて嬉しいです！

担当さま、今回も大変お世話になりました。毎度のことながら原稿が超遅くて申し訳ありません……。お力添えに感謝しております。

そして読んでくださった皆さま、どうもありがとうございます。機会があれば、また殺人事件絡みのお話を書きたいと思っております。ご感想やリクエストなどありましたら、ぜひぜひお寄せください。またお目にかかれることを祈りつつ、このへんで失礼いたします。

登場人物一覧

ジョセフ　〈サンセット・リゾート〉のオーナー

アリシア　ジョセフの妻

〈サンセット・リゾート〉の宿泊客

チェイス　投資銀行勤務のエリート、四人組のリーダー的存在

ルーク　不動産会社御曹司の美青年

コナー　テレビ局勤務、結婚を控えている

エイダン　人気クラブの経営者

この本を読んでのご意見、ご感想を編集部までお寄せください。

《あて先》〒141‐8202　東京都品川区上大崎3‐1‐1　徳間書店　キャラ編集部気付

「恋の吊り橋効果、深めませんか？」係

【読者アンケートフォーム】

QRコードより作品の感想・アンケートをお送り頂けます。

Chara公式サイト http://www.chara-info.net/

■初出一覧
恋の吊り橋効果、深めませんか？……書き下ろし

2020年10月31日　初刷

著者　神香うらら
発行者　松下俊也
発行所　株式会社徳間書店
〒141-8202　東京都品川区上大崎3-1-1
電話　049-293-5521（販売部）
03-5403-4348（編集部）
振替　00140-0-44392

Chara

恋の吊り橋効果、深めませんか？……【キャラ文庫】

印刷・製本　株式会社廣済堂
カバー・口絵
デザイン　百足屋ユウコ＋モンマ蚕（ムシカゴグラフィクス）

ISBN978-4-19-901008-8

神香うららの本

好評発売中

「伴侶を迎えに来日しました！」

イラスト✦高城リョウ

７年間アメリカで一緒に暮らした元義弟が、留学生としてやって来た⁉　両親の離婚を機に日本に戻った大学生の吉森《よしもり》 翼《つばさ》は、数年ぶりの突然の再会に驚愕する。スキンシップ過剰で子犬のようだった元 義弟のグリフィンは、狼のように野性味を湛えた青年に大変貌‼　けれど、別れの時「俺と縁を切ろうと思ってるの？」と逆上したグリフィンに、押し倒された過去があり、再会を素直に喜べなくて…⁉